# J. LAFFITTE

# UN COIN DE PARIS

## LE XVIᵉ ARRONDISSEMENT

### DANS LE PASSÉ

PRÉCIS HISTORIQUE ET ANECDOTIQUE

SUR

## AUTEUIL, PASSY, CHAILLOT

### ET LE BOIS DE BOULOGNE

*Vendu au profit des pauvres du XVIᵉ arrondissement*

DEUXIÈME ÉDITION

## PARIS

### LIBRAIRIE HACHETTE ET Cⁱᵉ

79, BOULEVARD SAINT-GERMAIN, 79

1897

# UN COIN DE PARIS

## LE XVIᵉ ARRONDISSEMENT

### DANS LE PASSÉ

COULOMMIERS

Imprimerie PAUL BRODARD.

J. LAFFITTE

# UN COIN DE PARIS

## LE XVI<sup>e</sup> ARRONDISSEMENT

### DANS LE PASSÉ

PRÉCIS HISTORIQUE ET ANECDOTIQUE

SUR

## AUTEUIL, PASSY, CHAILLOT

### ET LE BOIS DE BOULOGNE

*Vendu au profit des pauvres du XVI<sup>e</sup> arrondissement*

DEUXIÈME ÉDITION

## PARIS

### LIBRAIRIE HACHETTE ET C<sup>ie</sup>

79, BOULEVARD SAINT-GERMAIN, 79

1897

# UN MOT D'INTRODUCTION

---

Passy, 1ᵉʳ novembre 1897.

En 1830, les anciens élèves de l'École polytechnique fondèrent une association pour aider
à l'instruction populaire. Cette fondation eut
lieu à la suite des journées de juillet — « les
Trois Glorieuses », comme on les appela, —
auxquelles les élèves de l'École prirent la large
part que l'on sait, pour la défense de la loi et de
la liberté.

L'*Association polytechnique* organisa des
cours et des conférences dans les différents quartiers de Paris, et, parmi les hommes éminents
qui, successivement, présidèrent à ses destinées,
figure le regretté M. Alphand, que le XVIᵉ arrondissement compta parmi ses plus fidèles enfants.

L'Association a pour chef, actuellement, M. le D<sup>r</sup> Brouardel, le doyen si connu de la Faculté de Médecine, et, comme délégué dans notre arrondissement, M. A. Hautefeuille, qui, chaque hiver, depuis plus de dix ans, prépare avec un dévouement méritoire les cours et conférences de Passy. Les cours se font au palais du Trocadéro et les conférences à la mairie de l'avenue Henri-Martin.

A la saison dernière, M. Hautefeuille, me voyant suivre ses séances avec intérêt, me dit : « Comme adjoint de notre mairie, vous devriez, monsieur Laffitte, nous donner votre concours en nous faisant une conférence. — Ce serait avec plaisir, répondis-je, mais pour cela il me faudrait trouver un sujet bien attrayant pour vos auditeurs, car je ne suis pas conférencier et je craindrais de ne pas les intéresser.... »

A quelque temps de là, M. Eug. Manuel, le vrai poète des « ouvriers », l'éminent inspecteur général de l'Instruction publique — encore un des fidèles du XVI<sup>e</sup> arrondissement, — me demanda de faire partie de la *Société historique d'Auteuil et de Passy*, dont il est le président.

On n'ignore pas que cette Société a été fondée

pour reconstituer l'histoire de notre passé local, en commémorer et en consacrer les événements et les hommes importants, tâche d'autant plus utile que la région qui forme aujourd'hui notre arrondissement a toujours eu une physionomie particulière qui s'est continuée jusqu'à l'heure présente et lui constitue une sorte d'existence autonome dans la vie de notre immense capitale.

La Société se réunit tous les mois à notre mairie; le résumé de ses travaux est consigné dans un Bulletin trimestriel. Dès que j'eus assisté à une de ses réunions et parcouru son Bulletin, je m'écriai : « Mais voilà le sujet de ma conférence, le sujet assez attrayant par lui-même pour intéresser les habitants du XVIᵉ arrondissement.... » J'en avisai aussitôt le délégué de l'*Association polytechnique*, qui ne paraissait plus guère compter sur ma promesse.

Et voilà comment, le 31 mars dernier, j'eus l'occasion de prononcer une causerie historique sur Auteuil-Passy, dans la Salle des Fêtes de notre maison commune où l'Association tient d'ordinaire ses assises.

Or, il faut bien le dire, il n'y vint pas beaucoup de monde. Il est vrai que nous fûmes gratifiés, ce jour-là, vers la fin de l'après-midi, d'un ouragan des mieux conditionnés, que nos rues se virent changées en torrents et qu'une petite accalmie seule permit, vers huit heures, à un certain nombre d'amis et de curieux de tenter la sortie de chez eux.

Peut-être est-ce à cette demi-salle plus intime et plus indulgente — le sujet aidant — que je dus l'aimable accueil que l'on me fit. Dans tous les cas, on voulut bien m'écouter près de deux heures sans arrêt et sans intermède, et me faire demander depuis, de divers côtés, si je ne publierais pas ma conférence. On s'est même adressé à M. Hautefeuille, qui m'a assuré que j'aiderais au but poursuivi par l'*Association polytechnique* en mettant à la portée de tous ses auditeurs habituels cette sorte de précis historique de notre arrondissement. C'est donc pour répondre à ce désir qu'à l'aide de mes notes je reconstitue aujourd'hui mon sujet, en y ajoutant une suite qui le complète. Cette publication de vulgarisateur présentera ainsi un ensemble plus fini et mieux approprié. Il est vrai que la chronique royale et princière de notre région n'est pas toujours très édifiante, mais j'ai glissé sur ces tableaux-là tout en respectant la vérité historique.

De plus, pour donner à ce petit livre le caractère local qui lui convient, j'ai décidé qu'il serait vendu au profit de notre Bureau de bienfaisance.

Enfin, avant de commencer, on me permettra de faire hommage de l'œuvre modeste que je présente à la *Société historique d'Auteuil et de Passy*, à ses membres qui ont consigné dans le Bulletin tant de recherches et de travaux intéressants et dont je me suis si largement servi, aussi bien qu'à nos vieux chroniqueurs — en commençant par les moines de l'abbaye de Saint-Denis jusqu'au brave Quillet, dont le volume des *Chroniques de Passy* parut en 1836, — sans oublier les auteurs de mémoires comme Barbier, le cardinal de Retz, le duc de Saint-Simon, ni les historiens de Paris, comme Dulaure et notre érudit contemporain M. de Ménorval — lequel vient de mourir prématurément et fut, précisément, un des vice-présidents de l'*Association polytechnique*.

Lors de ma conférence, j'eus l'occasion de citer, parmi les collaborateurs du Bulletin, MM. Émile Saint-Lanne, Paul Raymond, Gustave Gobé, Fernand de l'Église, Émile Potin, Gaston Duchesne, mais il est de toute justice d'accorder une mention spéciale à MM. Antoine Guillois et Léopold Mar, le premier pour ses remarquables études sur des personnages célèbres d'Auteuil et d'autres encore, le second pour sa reconstitution des choses de notre passé qu'il poursuit avec une sûreté et une érudition dignes d'un bénédictin.

Ce devoir rempli, j'arrive à mon récit.

J. L.

# UN COIN DE PARIS

## PREMIÈRE PARTIE

### PÉRIODE GALLO-ROMAINE

Le plus ancien document historique sur notre région qui soit parvenu jusqu'à nous, nous met en présence du premier conquérant connu de notre pays. Il s'agit de César.

Dans ses *Commentaires*, le destructeur de la République romaine raconte, à sa plus grande gloire sans doute — n'ayant pas eu de contradicteur, — la conquête des Gaules et la prise de Lutèce. Son récit nous suffit toutefois pour constater que nos ancêtres nous firent honneur en se défendant jusqu'à la mort. S'ils furent vaincus, du moins, par leur courage et leur patriotisme, surent-ils sauvegarder l'avenir de leur nationalité. Ainsi en sera-t-il toutes les fois que les peuples ne s'abandonneront pas, car la force ne prime pas le droit quoi qu'on ait pu dire, parce que le droit des peuples est éternel et que la force ne l'est pas.

Notre histoire locale authentique commence donc avant l'ère chrétienne. A ce moment, la partie du bassin de la Seine qu'occupent aujourd'hui Paris et sa banlieue était habitée par la tribu gauloise des *Parisii*, qui avait Lutèce pour capitale — la Lutèce ancestrale enfermée dans une île de la Seine, notre île de la Cité.

Le fleuve était majestueux et chaque hiver ses eaux couvraient la plaine, transformant en marécages toutes les terres basses en amont comme en aval de la Cité, pendant qu'au-dessus des plateaux cultivés d'épaisses forêts couronnaient le cercle de collines qui s'étend, sur la rive droite, depuis la crête de Belleville jusqu'au dernier saillant d'Auteuil, en passant par Montmartre, Clichy et Chaillot, et, sur la rive gauche, depuis Saint-Cloud, Meudon jusqu'à Sceaux.

L'on peut donc se rendre facilement compte du tableau panoramique qu'on avait alors sous les yeux en se plaçant sur ce que nous appelons aujourd'hui le Trocadéro.

Un grand cours d'eau descendait de la montagne boisée de Ménilmontant, grossi par les ruisseaux des forêts environnantes et augmenté des filtrations des marécages. Il venait se jeter dans la Seine au

bas de Chaillot. A l'horizon, les fumées de Lutèce
s'élevaient des méandres du fleuve, tandis que les
hauteurs du Panthéon servaient de camp retranché
à la tribu. Au bas, les marais de la rive gauche
s'épandaient jusqu'à Grenelle et au delà. La Seine,
à cet endroit, se divisait en deux branches et formait une île très longue englobée depuis dans la
terre ferme et dont le petit îlot des Cygnes est le
dernier vestige. Cette île, qui s'allongeait vis-à-vis
des coteaux de Passy, servit aux Romains pour
couvrir leur traversée du fleuve ainsi qu'on va le
voir.

C'était en l'an 52 avant J.-C. César était à ce
moment tenu en échec par Vercingétorix, et il
venait d'envoyer son lieutenant Labiénus avec quatre
légions pour soumettre les *Parisii*, qui avaient pour
chef le vieux Camulogène.

Nos ancêtres se retranchèrent derrière leurs
marais, sur la montagne du Panthéon (mont Lucotitius), et Labiénus dut renoncer à une première
attaque par la plaine d'Ivry. Alors il alla passer la
Seine à Melun, s'empara de quelques bateaux et
descendit par la rive droite pour entrer dans Lutèce.

Mais l'héroïque Camulogène avait incendié lui-
même sa capitale et détruit les deux ponts qui la
reliaient à la terre ferme. Inexpugnable, il attendait
ainsi son redoutable ennemi dans sa position du
Lucotitius.

Le lieutenant de César se trouva par là fort
empêché pour prendre contact avec les Gaulois,
qui surveillaient tous ses mouvements. La situation
se prolongeant, il allait se voir forcé à la retraite
lorsqu'un stratagème le tira d'embarras. Labiénus
fit semblant de se retirer avec fracas en repre-
nant la route de Melun, mais il ne fit remonter la
Seine que par quelques cohortes ; dans la nuit, au
contraire, il la descendit silencieusement avec le
gros de ses forces et parvint avec ses bateaux à
franchir le fleuve en se servant de l'île de Grenelle pour masquer sa manœuvre. Au jour les
Romains avaient pris pied sur la rive gauche, et
les Gaulois les aperçurent encore engagés dans les
bas-fonds. L'occasion et leur ardeur naturelle les
empêchèrent d'attendre l'ennemi dans leurs fortes
positions ; ils s'avancèrent dans la plaine pour combattre, malgré l'avis du brave mais prudent Camulogène. Hélas ! il en résulta que le courage et l'im-
pétuosité furent battus par la discipline, la tactique
et la supériorité des armes. Les Romains, quoique
attaqués sur un terrain difficile, résistèrent avec
succès, et tous les soldats de Labiénus étant par-
venus à passer la Seine à peu près à l'endroit où
l'on vient de construire le pont Mirabeau, nos pères
furent vaincus, Camulogène se faisant tuer à la
tête de ses principaux guerriers.

Ainsi eut lieu la première prise historique de

Paris. Rome était vengée de Brennus. Pendant ce temps le noble Vercingétorix se voyait réduit à jeter son épée aux pieds de César, qui, manquant de grandeur d'âme envers celui qui un moment avait contrebalancé sa fortune, l'envoya à Rome pour orner son triomphe et le faire ensuite lâchement égorger. Camulogène, le Parisien, avait eu un meilleur sort puisqu'il était mort les armes à la main. Son souvenir ne devrait-il pas nous être aussi cher que celui du grand chef arverne, et par ce temps de statuomanie à outrance n'a-t-on pas le droit d'être étonné, avec M. de Ménorval, que sa statue n'existe pas encore en tête de l'île des Cygnes? Elle symboliserait la défense de Lutèce et ferait pendant à la *Liberté* de Bartholdi. Patrie et Liberté! telle serait la signification de ces deux monuments élevés à la porte fluviale de Paris moderne.

La Gaule conquise, la période gallo-romaine commence et Lutèce prend aussitôt une grande importance. Dès l'an 53, César y tient l'assemblée des tribus soumises, des colonies italiques s'établissent, des villas agricoles se construisent, et c'est à l'une de ces villas, celle de Paccius, que des étymologistes audacieux voudraient faire remonter le nom de Passy. C'est une pure supposition. On pourrait plutôt accepter qu'à ce moment-là une colonie romaine se forma à un endroit désigné sous le

nom de Nimio, sur les bords de la Seine, au bas
du Trocadéro actuel. En réalité Passy n'exista que
bien des centaines d'années après, alors que les
Francs eurent chassé les Romains pour former avec
les Gaulois indigènes le peuple français auquel
nous avons l'honneur d'appartenir.

## PÉRIODE FRANQUE

Sous les rois francs, les arbres couvraient encore
toute notre région comme au temps où les druides
célébraient leurs mystères sous les hautes et sombres
futaies d'Auteuil, où la légende veut qu'il existât
un de leurs collèges. Nos bois de Boulogne, de
Saint-Cloud, de Saint-Germain ne sont d'ailleurs
que les restes de leur ancienne forêt sacrée.

Mais l'ère des bois impénétrables touchait à sa
fin pour faire place à l'âge des bûcherons. Bientôt,
notre histoire locale va pouvoir se diviser en trois
périodes bien distinctes : celle des grands établissements religieux, celle des châteaux royaux et celle
des paroisses. Cette dernière époque est la nôtre,
celle où le titre d'homme va suffire pour donner à
chacun une place au soleil, époque d'intelligence
et de travail populaires.

Aux temps mérovingiens, la forêt s'étendait donc encore sur tous nos environs et on lui donnait le nom de forêt de Rouvray ou de Rouvret, de *quercus robur* (gros chêne), — affirment toujours les étymologistes. Elle servait de terrain de chasse à nos premiers rois, qui se sont toujours distingués par leurs exploits cynégétiques. Ils y chassaient les animaux les plus féroces, car notre bois de Boulogne, où l'on ne tue même plus de lapins, était fréquenté par les buffles, les bisons, les tigres, après avoir abrité aux temps préhistoriques le renne et l'auroch.

Les bêtes fauves, d'ailleurs, y séjournaient encore aux siècles derniers. Sous Louis XIII, son médecin a pu consigner dans son *Journal* que le roi y venait tuer des loups. En 1732, M. de Melun y fut tué par un sanglier. Sous la Restauration on y chassait encore des chevreuils, qui ont laissé quelques descendants aujourd'hui apprivoisés. Ainsi, pendant longtemps notre territoire ne fut fréquenté que par des bêtes féroces, auxquelles vinrent se joindre les malandrins, coupeurs de bourses et détrousseurs de grands chemins qu'attirait le voisinage de Paris. Tels furent les premiers habitants du XVIe arrondissement. Disons bien vite que depuis les choses ont changé, car il n'est pas un coin de la capitale qui ait joui dans ces derniers siècles d'une meilleure réputation que le nôtre, à tel point qu'on en vint à surnommer les habitants de Passy « les Calins », vu la douceur de leur caractère et de leurs sentiments.

Ce n'est qu'au vii^e siècle que nous rencontrons la mention d'un centre habité dans nos parages. Il s'agit de Nijon ou Nigeon, qui avait succédé à la Nimio romaine. Le roi Clotaire II en aurait même fait don, dit Quillet, à saint Bernard, évêque du Mans; mais tout cela est excessivement vague. Il nous faut arriver au commencement du xii^e siècle pour trouver les premières traces indiscutables d'une agglomération régulière d'habitants. Des bûcherons qui n'avaient rien à craindre des brigands de la forêt, ne possédant aucune richesse et ayant leur cognée pour se défendre, s'étaient groupés dans un lieu qu'on appela « les Menuls », *les menus*, a-t-on traduit, ce qui en indiquait le peu d'importance. Ce modeste hameau était situé sur les bords de la Seine, à la lisière de la forêt. En 1114, la *Chronique de Saint-Denis* en signale officiellement l'existence. Ce sont ces Menuls qui sont devenus Boulogne-sur-Seine.

Nos braves bûcherons petit à petit défrichèrent du terrain et se firent cultivateurs. Ils devinrent même des vignerons lorsque arrivés vers les coteaux d'Auteuil ils purent à l'abri des vents du nord et avec une bonne exposition au midi y cultiver la vigne. Ils le firent avec succès, et c'est par

son bon petit vin que le site commença à se faire
connaître. Au temps d'Abailard, les « escholiers », ses
disciples, pouvaient se faire servir au mont Sainte-
Geneviève du petit clos d'Auteuil. Bientôt les crus
de Chaillot et de Passy se révélèrent à leur tour,
devançant en réputation vinicole Suresnes et Ar-
genteuil. A la fin du xii° siècle, les Chaillotins possédaient déjà une petite chapelle. On le voit, les
heureuses destinées de la contrée se dessinaient :
bon vin de nos vignes, bon gîte à l'ombre de nos
grands chênes, bon reste.... Quant au reste, nous
n'en dirons rien, ceci sortant de notre cadre ; nous
constaterons cependant que l'historien de *Paris
depuis ses origines* a découvert qu'en l'année 1295
différentes personnes du beau sexe furent enterrées
vives à Auteuil ; c'étaient des dames qui étaient
accusées de vol. Le procédé, certes, manquait de
galanterie, mais il n'est pas dit qu'on fût aussi
sévère pour d'autres crimes.

A la même époque, paraît-il, une abbaye du Bec
s'était déjà établie à Auteuil, pendant que le territoire des Menuls devenait la propriété des bénédic-
tines de Montmartre et que nos souverains s'instal-
laient aussi non loin de là. Nous en avons la preuve
dans un édit de Philippe le Bel de 1312, daté de
Passy, réglementant les secours à accorder aux
aveugles. Ce roi cruel qui fit brûler les Templiers
pour s'emparer de leurs richesses, qui força ses

sujets à accepter sa fausse monnaie, devenait,
comme on le voit, tendre et humain lorsqu'il était
chez nous. La tradition voudrait que le château de
Philippe fût situé au point culminant de la rue de
la Tour actuelle, et l'on chercherait même à retrouver les traces de la châtellenie des Valois dans une
vieille tour de moulin qui existe au n° 86 de cette
rue. Le fait est que d'anciennes désignations, comme
le chemin des Tournelles, aujourd'hui la rue Louis-
David, indiquent qu'elle n'était pas loin de là. La
seule chose certaine, toutefois, c'est que notre territoire avait acquis de la valeur dès cette époque et
que la propriété s'y était constituée sérieusement.

Aussi de grands domaines monastiques y furent-
ils bientôt créés, ce qui y apporta une sécurité pré-
cieuse, quoique relative; car l'on sait qu'au moyen
âge, en dehors du roi et des barons, il n'y avait de
respecté que la puissance ecclésiastique. C'est donc
à l'abri des abbayes, prieurés et couvents dont nous
allons parler que se formèrent et se développèrent
nos différentes localités. Nous donnerons auparavant un dernier coup d'œil sur notre forêt de Rouvray, nom que l'on retrouve encore dans les bois
des environs de Paris, et nous en raconterons
quelques épisodes tragiques.

## *LA FORÊT DE ROUVRAY*

### LE BOIS DE BOULOGNE

La forêt de Rouvray était tellement vaste et sauvage qu'à côté des habitants qui se groupaient sur ses bords, elle donnait toujours asile à de nombreux malfaiteurs. Nous le constatons tout d'abord dans l'histoire d'un célèbre troubadour dont le nom s'est perpétué jusqu'à nous.

Ce grand artiste vivait en Provence vers l'an 1300, à la cour de Béatrix de Savoie dont il faisait les délices.

On sait que les troubadours du Midi, comme les trouvères du Nord, allaient de château en château dire leurs poésies et chanter leurs ballades. Peut-être est-ce de là que provient l'expression bien moderne : « se balader », lorsqu'on veut dire familièrement qu'on va se promener. Quoi qu'il en soit, les troubadours servaient de gazette à une époque où les journaux n'existaient pas, et c'est eux qui tenaient les châtelaines au courant des petits cancans féodaux. Aussi leur arrivée était-elle désirée dans les châtellenies; on se les disputait, comme on dit. Il arrivait même que leur réputation se répandait au loin et que les princes se les envoyaient en guise de politesse. C'est ce qui arriva pour notre héros, qui s'appelait Arnaud Catelan.

Philippe le Bel, dont nous parlions plus haut,
ayant entendu parler de la réputation de cet incomparable baladin, pria la comtesse de Provence de
le lui prêter une saison, ce qu'elle s'empressa de
faire en le chargeant de remettre de sa part au roi
de France un cadeau de vin doux et de parfums
d'Orient. Philippe habitait sans doute à ce moment
son château de Passy, car il ne tarda pas trop à être
avisé qu'Arnaud Catelan était arrivé sur les confins
de la forêt de Rouvray et priait, comme elle n'était
pas sûre, qu'on lui envoyât une escorte pour la
traverser. Un capitaine des gardes lui fut expédié
avec des hommes d'armes, mais ils revinrent
bientôt en disant qu'ils avaient traversé la forêt,
passé la Seine et n'avaient pas trouvé le troubadour.
On pouvait supposer que le chanteur provençal
s'était décidé à arriver par Paris, toutefois on
attendit vainement, et pendant ce temps l'on fut fort
surpris à la cour des parfums délicieux que se mit
à exhaler le capitaine des gardes pendant que les
hommes de l'escorte se livraient à des beuveries de
vins inconnus. Le roi soupçonneux employa aussitôt
les moyens de persuasion en usage à cette époque,
il fit mettre nos gaillards à la question et fut vite
édifié. Il apprit que l'on avait bien trouvé le troubadour au rendez-vous, mais qu'étant du Midi et
aimant beaucoup à parler, il avait raconté qu'il
apportait de précieux cadeaux pour le roi, qu'alors

le capitaine et ses hommes — dont la solde sans doute n'était pas payée très régulièrement par leur prince faux-monnayeur — n'avaient fait ni une ni deux, qu'ils avaient, en traversant un fourré, tué celui qu'ils étaient chargés de protéger et ensuite pillé ses bagages. Seulement, ces braves soldats, au lieu des richesses auxquelles ils s'attendaient, n'avaient recueilli que des parfums et des liqueurs qui les avaient fait découvrir.

Et, en effet, le corps de l'infortuné Renaud Catelan fut retrouvé dans un des carrefours de la forêt de Rouvray. Philippe le Bel, après avoir fait pendre tous ses assassins, fit élever sur le lieu même une croix en souvenir du chanteur de Béatrix. Cette croix s'est perpétuée jusqu'à nos jours, et les promeneurs du bois de Boulogne peuvent encore voir un fût de colonne portant le nom de croix Catelan, à l'entrée du « Pré » qui s'est donné pour enseigne le nom du troubadour provençal.

Tel est le premier épisode authentique de la forêt de Rouvray. Un autre trait qui en dépeint le peu de sécurité se rapporte au bon Du Guesclin.

Le connétable de Charles V revenait de Bretagne, et, pour rentrer dans Paris, allant au plus court, il prit à travers la forêt. Le vaillant capitaine passa bien avec ses hommes d'escorte, mais derrière lui ses bagages furent mis au pillage par les routiers et coupe-jarrets de nos bois. Les chroniques du temps rapportent que Du Guesclin indigné dit à son roi : « Sire, il est vraiment grand dommage qu'à deux lieues de votre capitale on ne puisse voyager en sûreté; à la paix vous me permettrez de purger la France de ces malandrins ».

Puis, les Anglais ayant été chassés des environs de la capitale et une trêve étant survenue avec eux, Du Guesclin trouva plus simple de prendre à son service les bandits déserteurs qui infestaient les campagnes et les environs de Paris, de les enrôler dans ses grandes compagnies et de les emmener en Espagne, où il alla défendre la cause de Henri de Transtamare contre don Pedro le Cruel, soutenu par le Prince Noir. Ce qui n'empêcha pas le féal connétable, bon chrétien et serviteur de Dieu, de rançonner en passant le pape qui trônait alors à Avignon. C'est ainsi que la France fut purgée de tous les soldats débandés qui la pressuraient sans la défendre. Dans la dernière guerre on avait vu le capitaine anglais Robert Knolles, qui s'était établi dans le château de Saint-Germain, venir ravager les bords de la Seine jusqu'aux portes de la capitale et mettre à feu et à sang l'abbaye et le village d'Auteuil.

Malheureusement la sécurité relative que Du Guesclin avait valu à notre région ne fut que momentanée, bientôt après éclata la grande révolte des

Pastoureaux et en, fin de compte, nos bois ne furent réellement débarrassés des pillards qui les infestaient que par un personnage sur lequel on ne devait guère compter pour cette besogne. Ce pacificateur définitif fut un barbier, un barbier royal, il est vrai, Olivier le Daim, le barbier de Louis XI.

Le roi, dont il était l'homme de confiance, lui avait fait cadeau de la « garenne de Rouvray ». Ainsi s'exprimait l'acte de donation, ce qui indique que c'était un terrain de chasse. Il faut croire que maître Olivier était un grand chasseur — ce que son surnom semble indiquer par surcroît, — car, pour défendre son gibier, il fit si bien expurger la forêt de tous les maraudeurs qui en avaient fait leur habituel domicile que onques depuis on n'y entendit parler de grosses histoires de brigands.

A la mort d'Olivier le Daim, le domaine passa aux mains de son compère Coictier, le médecin du roi. Un malin aussi qui avait eu l'habileté de s'assurer, pour toute sa vie, la faveur de son superstitieux et soupçonneux maître. On se rappelle le moyen qu'il employa. Le roi lui ayant dit un jour : « Vous qui savez tant de choses, Coictier, savez-vous quand vous mourrez? — Oui, sire, répondit le madré compagnon, je mourrai huit jours avant vous. » C'est dire qu'à partir de cet instant jamais médecin ne fut mieux soigné par son client.

Aussi, le roi le venait-il visiter souvent en sa

garenne de Rouvray, et, pour lui faire plaisir et honneur, le 10 juillet 1469, il inaugura en personne une église que Coictier avait fait construire aux Menuls. Par un édit du même jour, Louis XI ordonna que la paroisse nouvelle prendrait le nom de Boulogne et que le bois y attenant en dépendrait et porterait le même nom.

C'est par conséquent Louis XI qui a consacré notre beau bois et c'est à ce roi, d'allures si bizarres, que les habitants du XVIᵉ arrondissement doivent de jouir d'un si beau lieu de promenade.

## LES GRANDS ÉTABLISSEMENTS
## RELIGIEUX

Nous avons vu le modeste hameau des Menuls se transformer en Boulogne-sur-Seine après que ses primitifs bûcherons eurent défriché petit à petit toute la contrée. Nous avons constaté qu'Auteuil était né presque aussitôt et qu'une première abbaye du Bec, qui n'a laissé d'autres traces que son nom, y avait été créée; qu'ensuite les Valois s'étaient installés sur les hauteurs voisines, ce qui avait donné naissance à Passy, tandis que Nigeon disparaissait et que Chaillot se développait. C'est ainsi que nous arrivons à notre époque historique et que des documents vont nous permettre de parler avec certitude de ce qui nous intéresse. Pour procéder méthodiquement, nous nous occuperons d'abord des grands établissements religieux qui successivement s'établirent sur notre territoire.

2

## LES GENOVÉFAINS D'AUTEUIL

Auteuil fut érigé en paroisse en 1192 par Maurice de Sully, évêque de Paris, alors que les Genovéfains venaient s'y installer. Ces religieux, qui tirent leur nom de sainte Geneviève, en latin *Genovefa*, appartenaient à un ordre qui s'occupait surtout des malades. Grâce à leurs bons soins la réputation de salubrité d'Auteuil se répandit bien vite et les Parisiens prirent dès lors la bonne habitude d'y venir soigner leur santé.

Aussi la longue existence des Genovéfains s'écoula-t-elle sans aventures tragiques. Ils agrandirent leurs domaines le plus qu'ils purent, se firent donner toutes sortes de privilèges, étendirent petit à petit leur juridiction sur Boulogne, Passy et Chaillot. Ils avaient même droit de haute et basse justice, et il exista pendant de bien longues années, vers la route qui longeait la Seine, non loin du lieu qui s'appela le Point-du-Jour, un gibet qui faisait concurrence à celui de Montfaucon. On assurait alors la sécurité des citoyens par des procédés aussi démonstratifs que possible, et les ordres religieux ne faiblissaient pas à cette tâche, tout en se constituant les protecteurs du pauvre peuple. En 1247, par exemple, les Genovéfains affranchirent leurs serfs par un acte solennel, ce qui n'a pas empêché leurs derniers privilèges, transmis à la paroisse d'Auteuil, de subsister jusqu'à la Révolution.

Ces braves moines de Sainte-Geneviève ont disparu depuis bien longtemps d'Auteuil, il n'en est pas moins curieux de constater qu'ils y ont laissé leur empreinte hospitalière par les nombreux établissements de refuge qui s'y sont installés de nos jours.

## L'ABBAYE DE LONGCHAMP

La Révolution a fait disparaître aussi les dernières constructions d'une abbaye célèbre qui était placée sous la juridiction des Genovéfains d'Auteuil, c'est l'abbaye de Longchamp, créée en 1260 par Isabelle, fille de Louis VIII et sœur de saint Louis. La pieuse princesse se dévoua à son œuvre, lui donna beaucoup d'importance et y mourut en odeur de sainteté. Son tombeau devint même un lieu de pèlerinage habituel où s'accomplirent de nombreux miracles. Louis et Jean, enfants de saint Louis, furent enterrés dans le monastère; Philippe le Long, roi de France, y mourut; deux autres filles de nos rois y décédèrent; ce qui fait que Longchamp devint bien vite une de nos meilleures maisons

pour gagner le paradis. Un usage pieux y naquit
et se perpétua : celui d'aller durant la semaine
sainte invoquer la protection de sainte Isabelle. De
belles fêtes religieuses en musique y furent organi-
sées pour attirer la foule, et les Ténèbres de l'abbaye
de Longchamp acquirent avec les siècles une réputation traditionnelle. En 1727, Mlle Le Maine, une
chanteuse de l'Opéra réputée pour son talent et sa
beauté y prononça ses vœux et tout Paris courut
l'entendre chanter les offices du vendredi saint.
Quand elle mourut, les dames de Longchamp louè-
rent des chanteuses d'opéra afin de maintenir la
vogue de leur couvent. On tomba alors dans l'exa-
gération et les Ténèbres de Longchamp étant devenus un véritable spectacle, l'archevêque de Paris
fit fermer la chapelle.

Seulement, on ne change pas facilement une
mode. Les Parisiens avaient pris l'habitude de se
rendre à Longchamp le vendredi saint et ils conti-
nuèrent à y aller. De là, ce défilé connu sous le nom
de promenade de Longchamp, qui prit petit à petit
les allures d'une exposition des modes nouvelles et
se perpétua jusqu'à ces derniers temps.

Au xviiie siècle, cette fête des toilettes printanières
atteignit son apogée d'extravagance. Les dames de
qualité y rivalisaient de folies avec les femmes de
théâtre. On y vit des carrosses en porcelaine attelés
de chevaux harnachés de soie et d'or; un Anglais

y vint dans une voiture d'argent rehaussée de
pierres précieuses. L'on se ruinait au besoin pour
briller à la promenade de Longchamp.

Ce luxe désordonné s'amoindrit ensuite, mais
l'usage du défilé persista à travers la Révolution.
Sous la Restauration et sous Louis-Philippe, cette
journée était encore très suivie ; ce ne fut que sous
le deuxième Empire qu'elle perdit de son importance. L'allée resta fréquentée, toutefois sans affec-
tation particulière, et la vogue se reporta au champ
de courses qui fut établi sur les terres de l'ancienne
abbaye et en prit le nom. On sait que cet hippo-
drome eut pour caractéristique, à son inauguration,
le succès bien suggestif de l'Isabelle du Jockey-Club.

Deux Isabelles ont donc présidé aux premières
et aux dernières destinées de Longchamp : sainte
Isabelle, qui fonda l'abbaye, et Isabelle, la bouque-
tière, qui consacra le grand prix de Paris. Contraste
des choses et des temps !

Disons qu'il ne nous est resté que deux vestiges
de l'ancien couvent : le moulin restauré que l'on
voit à la descente de la cascade et qui s'élevait en
face de la chapelle, ainsi qu'on le constate dans
un vieux plan de 1705, plus une vieille petite tour
en ruine cachée par les grands arbres de la villa
située vis-à-vis et que se fit bâtir le baron Haussmann, comme préfet de la Seine, lorsqu'il trans-
forma le bois de Boulogne.

## L'ABBAYE DES BONSHOMMES

Nous passons maintenant au grand établissement religieux qui eut Passy en partage. Les ducs de Bretagne, au XVe siècle, possédaient un fief à l'ancien hameau de Nigeon. Anne de Bretagne, la femme de Louis XII, en fit don à des religieux Minimes de saint François de Paule, surnommés les *Bonshommes*, hommage indirect à leurs vertus. Ces braves moines ne devaient vivre que d'aumônes, ce qui n'empêcha pas la bonne reine Anne d'assurer à ses protégés le vivre et le couvert par le don de son hôtel et des terres considérables qui en dépendaient — elles s'étendaient des hauteurs de Passy jusqu'à la Seine. Les bâtiments du couvent s'élevaient à peu près où se trouve aujourd'hui le boulevard Delessert et une église fut construite par les soins de la reine, non loin de là, sur l'emplacement de la rue Chardin actuelle. Elle fut dédiée à Notre-Dame des Grâces, désignation charmante qui semblait choisie pour caractériser les habitantes d'une localité dont les habitants devaient être surnommés « les Câlins » et les religieux « les Bonshommes ». Dans cette église, qui existait encore au siècle dernier, furent inhumés deux maréchaux de France : le maréchal de Rantzau, noble débris des guerres de Henri IV et de Louis XIII, lequel avait

perdu à la bataille tout ce que nous possédons en
double — une jambe, un bras, un œil, une oreille,
— ce qui ne l'empêcha pas de mourir dans son lit
en 1650; et le vaillant amiral d'Estrées, maréchal
de France. On sait que sous Louis XIV ce grade de
maréchal était donné indistinctement aux militaires
de terre et de mer.

De tout l'établissement des Bonshommes il ne
reste que le souvenir et une voie d'accès qui per-
mettait au public d'arriver à l'église : c'est la rue
Beethoven, l'ancienne rue de la Montagne, laquelle
partait de la Seine et servait de limite aux terres
de l'abbaye.

Nos Bonshommes appartenaient à un ordre dont
les règles étaient fort sévères. : ils devaient s'abs-
tenir de viande et de tout ce qui provenait d'un
animal — ils furent donc les premiers végétariens de
Passy ; — en outre il leur était défendu de parler, sauf
en de rares cas, — coutume qui n'a pas été adoptée
par les habitants et habitantes laïques de l'endroit ;
— enfin, par humilité, ils ne changeaient jamais
d'habit, — ce qui fait que les chroniqueurs du temps
les accusaient de sentir l'huile rance. Aussi nos
braves Minimes furent-ils des hommes de vertu.
Ils avaient pour devise le mot « Charité », ins-
crit en lettres d'or sur l'écusson du couvent, et
ils vécurent obscurément et sagement, à travers les
siècles, de leur vie modeste et sans éclat. Une seule

fois il est question d'eux à propos d'une aventure
à laquelle fut mêlé le fameux Paul de Gondi, plus
tard cardinal de Retz, qui relate ainsi l'événement
dans ses *Mémoires*.

C'était en 1642, en plein été, il faisait une chaleur
étouffante. La duchesse de Vendôme — de la famille
de Henri IV, — pour éviter les ardeurs du soleil,
rentrait de nuit à Paris en compagnie de Turenne,
jeune encore, et dudit Paul de Gondi. Le carrosse
suivait le chemin le long de la Seine lorsque, arrivés
au bas des coteaux de Passy, les gens de l'escorte
aperçurent dans le vague de l'obscurité, sur les
bords du fleuve, un groupement d'ombres suspectes.
Les bouillants compagnons de la duchesse mettent
aussitôt l'épée à la main et s'avancent impétueuse-
ment, mais à mesure qu'ils approchent ils voient
se jeter à leurs pieds des êtres dévêtus qui leur
crient grâce en ces termes : « Bons seigneurs, nous
sommes de pauvres religieux qui ne faisons de mal
à personne, nous venons simplement de nous rafraî-
chir, vu la grande chaleur qu'il fait, en prenant un
bain de santé dans la rivière ».

Les voyageurs rirent beaucoup de l'aventure, elle
eut grand succès à la cour. Le fait est que nos
Bonshommes n'avaient pas eu de chance pour une
fois qu'ils avaient voulu quitter leurs habits.

Au xvie siècle, ils eurent une autre idée, celle
d'employer leurs loisirs en fondant une grande

imprimerie pour aider à la renaissance des lettres.
On trouve encore dans nos bibliothèques des
ouvrages sortis des presses de l'abbaye des Bonshommes, mais là s'est bornée cette tentative d'expansion, et nos paisibles moines se contentèrent
ensuite de se laisser vivre jusqu'à la Révolution qui
ferma leur maison et en fit une propriété nationale.
Leur nom se perpétua toutefois parmi nous jusqu'au
moment où la commune de Passy fut absorbée par
Paris, en 1859. L'enceinte d'octroi de la capitale
s'arrêtait alors un peu après le pont d'Iéna, à côté
de l'ancienne porte du couvent. C'est là que s'élevait la « barrière des Bonshommes ». Cette barrière
a disparu avec le fameux « mur murant Paris qui
avait rendu Paris murmurant », suivant le quatrain
du temps.

Disons, puisque nous en sommes aux ordres religieux, que Passy posséda un autre ordre : les Barnabites, mais ils n'eurent pas d'établissement fermé,
ils furent simplement les desservants de la paroisse
lorsque cette dernière fut constituée et que Passy
secoua le joug d'Auteuil. Nous en reparlerons plus
loin.

## LES VISITANDINES DE CHAILLOT

Jusqu'ici, nous ne connaissons que trois des établissements ecclésiastiques autour desquels se sont développées nos localités. Il nous reste à parler de celui de Chaillot.

Des trois monastères dont nous venons de retracer l'existence, un seul, comme on a pu le constater, était destiné aux femmes, celui de Longchamp. Les hommes s'étaient réservé Auteuil et Passy. Pour rétablir l'équilibre, c'est un couvent de dames qu'on installa à Chaillot. Il fut confié aux sœurs Visitandines, et joua un certain rôle dans notre histoire par le haut rang des personnes qui y vinrent chercher l'oubli des déceptions de la vie.

Contrairement à ce qui s'était passé jusque-là, un château royal, dont nous raconterons la création au chapitre des domaines royaux, précéda l'établissement de la maison religieuse. Ce fait explique l'installation tardive du cloître de la Visitation, lequel ne fut fondé qu'en 1651, par Henriette, la fille de Henri IV, l'infortunée veuve de Charles Ier, le Louis XVI de l'Angleterre.

Le domaine de ce couvent faisait suite à celui des Bonshommes; il n'en était séparé que par le Trocadéro actuel, qu'on appelait alors la montagne de Chaillot. Il s'étendait sur toute cette pente qui du village de Chaillot, dont les hauteurs étaient couronnées de moulins, descendait jusqu'à la Seine, vers notre pont de l'Alma.

L'ordre des Visitandines, à l'encontre de celui des Minimes Bonshommes, était un ordre élégant et de haute éducation. On y venait se reposer de la vie de cour et on y était traité suivant son rang. C'est dire que la maison jouissait elle aussi de grands privilèges; elle exerçait même le droit de basse justice par l'intermédiaire d'un juge délégué. La reine Henriette y finit ses jours et bien d'autres princesses y séjournèrent après elle. Mazarin y fit élever ses nièces, dont l'une, Marie de Mancini, rêva un moment de se faire épouser par Louis XIV adolescent. Mlle de la Vallière, délaissée, s'y réfugia à deux reprises différentes : la première fois, le roi vint la reprendre, la seconde, il l'y laissa; elle n'en sortit que pour aller prononcer des vœux dans un cloître plus austère, les Carmélites. C'est dans la chapelle de la Visitation, alors très à la mode, que Bossuet affirma sa grande réputation de prédicateur; il y prononça sa belle oraison funèbre sur Madame Henriette, toute la cour y vint écouter ce chef-d'œuvre d'éloquence sacrée.

Au commencement du xviii<sup>e</sup> siècle, en 1721, il se passa dans l'établissement une aventure d'un autre genre qui mérite, à cause du contraste, d'être racontée.

Le célèbre Cartouche s'était introduit dans la chapelle pour la mettre au pillage, mais, intimidé par la majesté du lieu, raconta-t-il dans son procès, il recula devant un vol sacrilège. Ces scrupules d'un Cartouche peuvent nous étonner, nous qui voyons chaque jour nos cambrioleurs contemporains ne pas être arrêtés pour si peu de chose. Cartouche n'en fut pas moins écartelé, tandis que nous faisons un sort des plus agréables à nos aimables escarpes que nous envoyons à « la Nouvelle », ainsi qu'ils désignent la Nouvelle-Calédonie. Le tout est de venir en son temps. Cartouche et Mandrin, aujourd'hui, eussent certainement bénéficié de la loi Bérenger.

Une autre visite historique, d'ordre bien différent, est aussi racontée dans les annales du couvent : c'est celle de l'infante d'Espagne, la promise de Louis XV, que l'on élevait en France à cet effet. La jeune princesse avait alors cinq ans, et comme la promenade dans le cloître ne l'intéressait guère, elle dit à Mme de Ventadour, sa gouvernante : « Madame, allons-nous-en, mon mari m'attend ». Le mot fut trouvé ravissant et il fut conservé. Hélas ! la petite mignonne mourut toute jeune, et peut-être fit-elle bien, quand on songe au sort que lui eût fait, comme femme, son petit mari.

La grande époque des Visitandines passa bientôt. Le couvent ne fit plus parler de lui, il périclita, fut fermé à la Révolution et les bâtiments démolis peu après. Il n'en reste plus trace.

Pour mémoire, signalons qu'un autre ordre de sœurs, qui a laissé un souvenir chez nous, quoique de peu d'importance, avait établi à Chaillot un hospice de malades sous le nom de Sainte-Périne. Transporté au commencement de ce siècle à Auteuil, ce nom est resté à la maison bien connue qui sert d'asile à des vieillards.

Nous en avons fini avec nos grandes institutions ecclésiastiques. Leur longue et prospère domination ne fut troublée que par quelques jalousies intestines, entre autres par la lutte des Genovélains d'Auteuil contre les Barnabites de Passy à propos de notre église de la rue de l'Annonciation. Une autre grande querelle eut pour théâtre un lieu saint du voisinage : le calvaire du Mont-Valérien. Cet épisode épique nous a été conservé par un savant théologien de Paris, Jean Duval, qui nous l'a raconté en vers.

Son poème était intitulé : *le Calvaire profané.* Ce calvaire du Mont-Valérien était fort réputé et il était gardé par des prêtres depuis longtemps installés. En 1660, des moines jacobins voulurent les déposséder. L'autorité ecclésiastique fut impuissante à apaiser le conflit et, un beau jour, lesdits moines prêcheurs, dédaigneux de la persuasion par

la parole, montèrent à l'assaut du mont sacré pour
s'en emparer de force.

Voilà un précédent caractéristique faisant pré-
sager le rôle que le nom de ces terribles Jacobins
devait jouer dans la grande Révolution. Il fallut
2000 vers à Jean Duval pour raconter cette épopée.
Nous ne faisons que la citer, car elle ne se rattache
qu'indirectement à notre vieille histoire locale que
nous allons continuer par le chapitre des châteaux
royaux.

# LES CHATEAUX ROYAUX

Il y en eut quatre, juste autant que de monastères, un par localité. Celui de Madrid, au bois de Boulogne — pour suivre leur date de fondation, — celui de Chaillot, le château de la Muette, à Passy, le seul qui subsiste encore, et, enfin, le château du Coq, à Auteuil.

---

## LE CHATEAU DE MADRID

On sait que nous devons beaucoup de constructions royales au roi François Ier. Épris d'art à la suite de ses expéditions militaires en Italie — alors en pleine Renaissance, — il consacra des sommes considérables à sa manie de bâtir. A part Louis XIV, aucun monarque français ne nous a dotés de plus fastueuses et ruineuses demeures. C'est à lui que nous sommes redevables des châteaux de Saint-Germain et de Chambord, d'une notable partie de ceux de Fontainebleau et de Blois, de celui de Madrid, de l'embellissement de Rambouillet, que sais-je encore? Nous pouvons citer, en outre, parmi les souvenirs artistiques auxquels son nom est resté attaché, celui de la maison du Cours-la-Reine qui devrait rappeler plutôt le nom de sa sœur, la Marguerite des Marguerites. Ce bijou architectural transporté de Moret à Paris, pierre par pierre, est un des ornements de notre voisinage.

Ce fut vers 1530, au retour de sa captivité à Madrid, que le roi François, au lieu de soulager son peuple des maux qui l'accablaient, chargea l'Italien Della Robbia, appartenant à une famille qui a laissé une longue lignée d'artistes, de construire un château dans le bois de Boulogne.

Ce soi-disant rendez-vous de chasse ne devait être en réalité qu'un asile discret pour les amours royales, et malheureusement, c'est à peu de chose près, l'histoire des différentes demeures souveraines construites dans notre région. Tout en restant véridique, nous nous restreindrons donc le plus possible sur les épisodes peu édifiants dont foisonnent nos chroniques secrètes. Le château de Madrid, d'ailleurs, ne porta pas bonheur à François Ier : il mourut pour avoir trop aimé la belle Ferronnière qu'il y avait installée.

Ce château avait été bâti dans la partie du bois de Boulogne qui porte encore ce nom. Il était élevé de quatre étages, dont deux à galeries à l'italienne, et formait un grand carré flanqué de pavillons d'une architecture monotone. Il était entouré de fossés et une de ses façades dominait la Seine. Son cachet particulier était un revêtement de faïences émaillées aux plus brillantes couleurs. Les Della Robbia ont laissé un nom dans ce genre décoratif et le château de Madrid en fut, en France, le plus riche spécimen. On peut se faire une idée de l'éclat de cette monumentale décoration polychrome, car de nos jours le procédé redevient à la mode. Il n'était cependant pas nouveau, il faut bien le dire, puisque les briques du palais de Darius rapportées par M. et Mme Dieulafoy montrent ce que l'on savait déjà faire avec l'émaillage cinq cents ans avant Jésus-Christ. Ces briques prouvent aussi que l'antique roi des Perses avait, tout comme nous, des Immortels à habits ornementés, seulement lui en avait fait ses gardes du corps, tandis que les nôtres sont les simples gardiens d'un dictionnaire académique.

L'œuvre de Jérôme Della Robbia, aussitôt achevée, fut désignée par le peuple sous le nom de « Château de faïence »; le roi l'appela « le château de Boulogne », mais les courtisans, mécontents d'être obligés d'aller faire leur cour à cette distance de

3

Paris sans pouvoir s'installer, comme à Saint-Germain ou à Fontainebleau, à côté du logis royal, lui donnèrent un surnom qui rappelait à leur maître la dure captivité que lui avait fait subir son rival Charles-Quint, ils le dénommèrent le « château de Madrid », et c'est ce titre qui lui resta.

François Iᵉʳ disparu, Henri II y installa Diane de Poitiers. Charles IX suivit l'exemple et y eut plusieurs enfants de Marie Touchet et de Mlle de la Béraudière. Les fils de Catherine de Médicis trouvaient le moyen d'avoir des enfants naturels, tandis qu'à tour de rôle ils laissaient le trône de France sans héritiers directs.

Henri III cependant, le roi des Mignons, donna au château de Madrid une autre destination : il y créa des courses de taureaux, et pour cela y établit une plazza de toros. On aurait pu croire que ce goût avait disparu avec lui, mais nous sommes bien obligés de constater que Henri III avait pressenti les goûts des Français de l'avenir, car ces spectacles sanglants et inférieurs sont devenus très recherchés de nos jours depuis que le gouvernement a voulu les interdire. Il n'en a pas fallu davantage pour nous transformer en Espagnols.

Henri IV, bien que quasi Espagnol, puisqu'il était Navarrais, ferma le chenil. Il rendit par contre le château à son premier usage en le donnant pour demeure à la Belle Gabrielle et ensuite à d'autres

personnes de même emploi, car, révérence parler,
les chroniques nous entretiennent même d'une
jolie nonne de l'abbaye voisine de Longchamp.
Puis, sur ces entrefaites, le bon roi Henri ayant pu
se séparer de la fameuse reine Margot, sa première
femme, dans sa joie il lui fit don pour sa résidence
du castel de Madrid. C'est à elle que nous devons
cette belle avenue du bois qui porte son nom et qui
va directement de la porte de Madrid à Boulogne.
La reine l'avait fait percer pour se rendre plus facilement à l'abbaye de Longchamp, où elle allait
soi-disant demander l'absolution de ses fautes, car
il faut bien le dire aussi, en fait de coups de canif,
elle rendait des points à son mari. Ah! elle dut
faire subir à son aumônier, saint Vincent de Paul,
de bien cruelles épreuves. On possède de lui une
lettre virulente où, pour soulager son cœur, il flétrit
avec indignation la dépravation des habitantes de
l'abbaye de Longchamp. Il usa probablement de ce
moyen détourné pour faire comprendre à sa sou-
veraine qu'il n'était pas sa dupe.

Après Marguerite, le château fut bien négligé.
Louis XIII y vint simplement chasser. Nous savons,
par exemple, que le 13 décembre 1610 il y tua deux
loups, comme nous savons que le 25 juillet 1617 ledit
roi vint se baigner à Auteuil et qu'il y attrapa un
rhume. Événements peu compromettants du reste.

Sous la Fronde, on enferma momentanément au

château de Madrid le conseiller Broussel, mais,
comme nous l'a raconté avec tant de détails inat-
tendus notre romantique historien . Alexandre
Dumas père, la cour dut bien vite le relâcher à la
suite de la journée des Barricades. Disons encore
qu'en 1656, Mazarin installa au château les premiers
métiers à tisser des bas.

Madrid fut dès lors abandonné par nos rois ; on
n'y vit plus que des gouverneurs gardiens. Sous
le Régent, ce gouverneur s'appelait Fleuriau d'Ar-
menonville ; il laissa son nom à une allée qui conduit à la porte Maillot et à un élégant cabaret du
bois.

Avec Louis XV, la chronique locale, de plus en
plus secrète, se reporte sur d'autres châteaux de
chez nous : celui du Coq, à Auteuil, et celui de la
Muette, à Passy.

En 1793, Madrid fut adjugé, comme bien national,
pour 648 000 livres assignats, ce qui fait — les assignats perdant à ce moment-là deux tiers de leur
valeur — que ce domaine qui avait coûté tant de
millions fut vendu en réalité pour 200 000 francs.
Ironie des choses, l'acquéreur se nommait Leroy !
Il démolit tout, morcela tout, fit de la chaux des
émaux de Della Robbia et il ne resta de ce palais
de monarque qu'un nom — un nom qui lui aussi
devait servir d'enseigne à un restaurant à la mode.

## LE CHATEAU DE CHAILLOT

Ce fut Catherine de Médicis, la veuve de Henri II, le successeur de François I<sup>er</sup>, qui fit construire le château de Chaillot sur la pente orientale de la colline, regardant Paris. Il était disposé en terrasses superposées dans le goût des villas italiennes que l'on voit encore à Tivoli, près de Rome, et aux alentours de Florence ; modèle qui servit également plus tard à Henri IV pour bâtir le château neuf de Saint-Germain-en-Laye, dont il ne reste aujourd'hui que le tout petit pavillon auquel on a donné le nom du roi-galant, sans doute parce que c'est Louis XIV qui y naquit. — Encore une brillante maison où l'on mange !... Sommes-nous des Gargantuas ?

Le corps de logis du château de Chaillot, qui servit de bâtiment principal aux dames Visitandines, était du style classique de la Renaissance et ses terrasses fleuries descendaient gracieusement jusqu'à la Seine. Mais nos rois ne conservèrent pas longtemps ce palais de campagne, il était trop en vue des Parisiens. Ils préférèrent la discrétion du bois de Boulogne et le château passa entre les mains de quelques grands seigneurs jusqu'au moment où Henriette d'Angleterre l'acquit du maréchal de Bassompierre, en 1651, pour en faire le couvent de la Visitation.

Ce Bassompierre a laissé le souvenir de nombreuses aventures qu'il prit soin, d'ailleurs, de raconter lui-même dans ses *Mémoires*. C'était un gros homme, bon vivant, qui sut s'enrichir dans la guerre comme dans la paix et mena toujours la vie à grandes guides. Il fut le premier, en France, à se faire voiturer dans un carrosse orné de glaces; et, pour se rendre plus commodément à son château de Chaillot, la Seine se livrant quelquefois à des crues subites qui obstruaient la route, il fit construire un quai le long de la rive droite, depuis la sortie de Paris jusqu'à l'emplacement actuel du pont de l'Alma. Après ce fastueux seigneur, le château dont il avait fait un lieu de délices conserva longtemps encore des traces de son luxe passé et les dames Visitandines y laissèrent subsister des peintures de maître, tout comme on voit à Parme les peintures profanes du Corrège dans le couvent des dames de Saint-Paul.

---

## LE CHATEAU DE LA MUETTE

Ce ne fut d'abord qu'un pavillon de chasse de Charles IX, un château de la Meute. Ce roi y trouva l'isolement qu'il aimait, ce qui lui fit négliger le

palais de Chaillot construit par sa mère. On a
vu d'autre part comment il utilisa le château de
Madrid. Le nom de château de la Muette se sub-
stitua à celui de la Meute, sans doute pour marquer
la discrétion du lieu et imiter François I<sup>er</sup>, qui
s'était, lui aussi, offert une Muette que l'on peut
encore retrouver dans la forêt de Saint-Germain.

Mais ce domaine royal de Passy n'acquit une
grande importance que sous le Régent, qui le fit
installer pour sa fille, la duchesse de Berry.

Hélas! elle ne lui valut pas une belle réputation,
car les poètes du temps la comparaient à Messaline,
et la devise qu'elle s'était composée était à cet
égard suffisamment caractéristique, elle ne compor-
tait que deux mots : « Courte et bonne ». C'était
un signe des temps, il faisait pressentir le mot
prochain de Louis XV : « Après moi, le déluge ».

Les mœurs de la duchesse de Berry s'agrémen-
taient en plus d'un goût prononcé pour les liqueurs
fortes, et, pour le satisfaire à son aise, elle avait
choisi comme gouverneur et ami un aventurier qui
distillait des eaux-de-vie enivrantes au moyen d'un
alambic installé dans le château même. La fille du
Régent mourut jeune, ne laissant pas de regrets,
car par ses débordements elle avait dégoûté son
père lui-même, qui cependant ne se dégoûtait pas
facilement.

Un fait historique, méritant d'être signalé, se

passa à la Muette à cette époque. Le tsar Pierre le
Grand y vint rendre visite, en 1717, à la fille de
celui qui gouvernait alors la France. Il est assez
curieux de constater que les deux seuls empereurs
de Russie venus officiellement en France, en amis,
aient laissé trace de leur passage dans notre
XVIe arrondissement.

Un autre souvenir sur le Régent à la Muette vaut
la peine d'être rappelé; il nous est raconté par
Saint-Simon. Albéroni, le dernier des grands ministres d'Espagne, intriguait beaucoup en France, et,
en 1718, il conçut le projet audacieux de faire
enlever le tuteur du jeune Louis XV. Il chargea de
l'entreprise un officier réformé nommé La Jonckère,
qui faillit réussir un jour où le Régent se rendait
de Saint-Cloud à la Muette à travers le bois de
Boulogne. La Jonckère, entouré d'une troupe
d'hommes déterminés, ne manqua le prince que
d'un quart d'heure. Il s'enfuit aussitôt en Flandre,
mais il fut enlevé à son tour à Liège, par surprise,
ramené en France et enfermé à la Bastille pour le
restant de ses jours. Le duc d'Orléans, frappé de
tant d'audace, lui avait fait grâce de la vie.

L'enlèvement manqué du Régent en plein bois
de Boulogne en rappelle un autre qui l'avait peut-
être inspiré. Le premier écuyer de Louis XIV fut
surpris, avec son carrosse, en mars 1707, à sept
heures du soir, dans un cabaret situé au bas

d'Auteuil, à l'endroit appelé depuis le Point-du-Jour. C'étaient des aventuriers hollandais qui, profitant des mauvaises affaires de la France, avaient tenté de s'emparer de quelque prince royal. Ils tombèrent par erreur sur le marquis de Beringhen et ils partirent avec lui pour la frontière. On les rattrapa heureusement à moitié route, et le premier écuyer délivré, reconnaissant envers nos Hollandais des égards qu'ils avaient montrés pour sa personne, leur fit obtenir leur grâce.

On voit que le grand roi avait bien perdu de son prestige à l'étranger. Lui qui avait fait trembler tous ses voisins, on le venait troubler aux portes mêmes de Versailles. Triste conséquence des abus de la guerre !

A la mort de la duchesse de Berry, le Régent avait déjà donné à son jeune pupille Louis XV le château du Coq, à Auteuil, pour y apprendre la botanique, il lui offrit le château de la Muette, à Passy, pour s'y livrer à d'autres amusettes : entre autres à celle-ci, qui dépeint bien dès son jeune âge ce prince qu'un moment ses sujets surnommèrent le Bien-Aimé. L'anecdote est consignée par Barbier dans son *Journal*. Le roi avait douze ans, il possédait une jeune biche toute blanche qui avait été dressée à le suivre et à venir manger dans sa main. Un jour, pour s'amuser, il tira sur elle un coup de fusil ; la pauvre bête blessée se réfugia auprès de son petit maître comme pour lui demander secours, et l'aimable jeune roi trouva le triste courage de lui tirer un second coup de fusil et de l'achever.

Louis XV, fier sans doute de tels exploits, conserva toujours beaucoup de goût pour le château de Passy. Il l'agrandit considérablement et songea même, plus tard, à le rebâtir en en tournant la façade vers le bois de Boulogne; il dut renoncer à son projet faute d'argent.

La Muette, à cette époque, occupait une vaste étendue de terrain. Il y avait d'abord deux logis principaux, dont un subsiste encore, et de nombreuses dépendances : une laiterie, une pompe qui donnait de l'eau à tous les environs, — de là la rue de ce nom; plus du côté des serres actuelles de la Ville de Paris s'étendait l'orangerie, puis venait la faisanderie, dont une de nos rues indique encore l'emplacement. On voit que les annexes du château s'étendaient fort loin.

C'est à la Muette que fut reçue Marie-Antoinette lorsque la jeune archiduchesse arriva en France comme épouse du Dauphin. La première personne que lui présenta le vieux roi Louis XV fut Mme du Barry, sa maîtresse. Touchante attention!

Avec Louis XVI enfin, nous pouvons parler décemment de notre château. Le jeune roi aima cette demeure, car il y pouvait mener une vie tranquille et retirée. Marie-Antoinette l'affectionna également, elle s'y adonnait à ses goûts champêtres qui l'amenèrent plus tard à créer le Petit-Trianon à Versailles. Le seul souvenir qui, aux yeux du peuple, puisse honorer nos rois au château de Passy, nous le devons à Louis XVI et à Marie-Antoinette.

A son avènement, le roi rendit une ordonnance, connue sous le nom d'édit de la Muette, où il faisait remise à la nation appauvrie du « don de joyeux avènement », pendant que la reine renonçait au « don de ceinture ».

Le « don de joyeux avènement » se composait de toutes les offrandes que devaient faire les gens à privilèges ou les corporations au nouveau souverain, et cela représentait une grosse somme, puisque, à l'avènement de Louis XV, ce droit avait été cédé aux fermiers généraux pour la somme de 21 millions de livres et qu'ils en avaient retiré une quarantaine. Quant au « don de ceinture », c'était un impôt d'octroi spécial qu'on prélevait au nom de la reine sur les denrées qui entraient dans Paris. Le mot *ceinture* laisse deviner que l'impôt s'appliquait particulièrement aux jeunes souveraines.

Nos pères durent encore à Louis XVI et à Marie-Antoinette un autre agrément. Jusque-là, lorsque le roi séjournait dans un des châteaux qui avoisinaient le bois de Boulogne, l'entrée de ce bois était interdite au public et les portes en restaient fermées. Louis XVI les fit ouvrir en tous temps, et la popu-

lation s'en réjouit fort. La mode s'en mêlant, les
dames, même celles de qualité, adoptèrent la pelouse
de la Muette comme lieu de promenade. On se mit
à y danser, un bal très suivi s'y organisa et les
personnages de la cour et même la reine ne dédai-
gnèrent pas d'y venir.

En 1787, malgré sa prédilection, le roi, par mesure
d'économie et le temps n'étant plus aux plaisirs
champêtres, voulut vendre le château. Probablement par respect, il ne trouva pas d'acquéreur. Le
domaine fut préservé une seconde fois, en partie
du moins, lorsqu'il fut présenté à la criée sous la
Révolution, comme bien national. Le jour où
l'abbaye des Bonshommes était vendue, le château
de la Muette, offert en deux lots, ne trouva acheteur
que pour un seul, celui qui comprenait un des
grands pavillons et les communs du côté de Passy.
Le pavillon de droite et le parc restèrent la propriété de l'État; ils échappèrent ainsi à la destruction. Des dépendances il n'a subsisté qu'un petit
hôtel qui fait l'angle de la rue de la Pompe.

Sous l'Empire, ce qui constitue aujourd'hui le
château fut un moment loué au prince de Talleyrand.
Napoléon Ier songea ensuite à l'utiliser comme on
le verra plus loin. Enfin sous la Restauration, en
1820, il fut vendu à Sébastien Erhart, le grand
facteur de pianos. Le transformateur du clavecin y
mourut en 1831 et le légua à ses héritiers, qui

ont fait preuve d'un grand respect et d'un grand
goût en le conservant jusqu'ici tel qu'ils l'ont reçu.
Voilà comment, malgré la tourmente révolutionnaire et tant de vicissitudes diverses, Passy possède le seul château royal de la banlieue de Paris
qui ait été conservé. Aussi est-il une des curiosités
de la capitale.

## LE CHATEAU DU COQ

Auteuil, qui fut particulièrement favorisé par
l'importance de son domaine ecclésiastique, le fut
moins par son château royal. En effet, ce château
du Coq — un nom bizarre — fut bâti par le
cardinal de Richelieu comme refuge d'été. Il s'y
levait au chant du coq, de là le titre, et pouvait
s'occuper des affaires tout en restant à portée des
Parisiens. Rueil n'était pas très loin, cependant ce
séjour nécessitait le déplacement de toute la maison
cardinalice; le pied-à-terre d'Auteuil était bien plus
commode.

A la mort du grand ministre, le château du Coq
devint propriété de la couronne et fut quelque peu
délaissé jusqu'à la jeunesse de Louis XV, pour
lequel il fut réinstallé spécialement. Des serres à

plantes rares y furent construites; l'enfant-roi y
vint étudier l'histoire des plantes en y respirant du
bon air. Plus tard, ce fut pour le prince un soi-
disant rendez-vous de chasse où il venait incognito
sous le nom de baron de Gonesse. C'est dire qu'il
ne s'y passait probablement rien de bien avouable.

Sous Louis XVI, le domaine fut un moment rendu
à une vie plus honorée par le séjour qu'y fit la ver-
tueuse princesse Élisabeth, sœur du roi. Le château fut naturellement vendu en 1793, mais son peu
d'étendue le préserva de la destruction. Il subsista
jusqu'à ces derniers temps avec son entrée près
du marché d'Auteuil, et c'est sur son emplacement
qu'a été percée la rue d'Erlanger.

Nous voilà donc arrivés au terme de nos trois
premières périodes historiques : l'époque de la
forêt, celle des établissements religieux et celle des
domaines royaux. Chacune de nos localités, on l'a
vu, a possédé son abbaye et son château. Nous
allons maintenant aborder l'histoire de nos paroisses. Mais avant de passer à ce nouveau chapitre, il nous faut parler d'une entreprise qui se
rattache à la série des châteaux et qui représente
bien la plus grandiose conception qu'ait pu inspirer
notre site enchanteur. Malheureusement ou heureusement, suivant le point de vue où l'on se pla-

cera, cette idée dont l'exécution devait dépasser en
magnificence tout ce qui existe non seulement à
Paris mais en France, eut un tort considérable :
elle n'exista qu'à l'état de projet, ce qui explique
le titre que nous allons lui donner.

## LE PALAIS DU RÊVE

Bizarrerie des destinées! Pendant que toute notre
région s'embellissait successivement et se couvrait
de monuments religieux, royaux ou princiers, la
montagne de Chaillot restait déserte, inculte et
escarpée. On ne l'utilisait parfois que pour en tirer
des pierres. Après la disparition du couvent de la
Visitation et de l'abbaye des Bonshommes auxquels
elle servait de séparation, les carriers l'avaient
envahie et percée comme une écumoire, dirigeant
de-ci de-là des galeries sans nombre. Eh bien, c'est
ce monticule insignifiant, amorce des catacombes de
notre sous-sol, qui faillit en faire englober la sur-
face dans une entreprise gigantesque.

Napoléon I<sup>er</sup>, arrivé au faîte de la gloire militaire,
après avoir vaincu l'Europe continentale et forcé
la fière maison de Habsbourg à lui offrir une princesse pour fonder sa dynastie directe, résolut de

jeter un nouvel éblouissement à la France en faisant construire pour lui, sa race, sa cour et ses ministres, un palais babylonien éclipsant tout ce qui avait été fait avant lui, même par Louis XIV. C'est sur la montagne de Chaillot et toute la région environnante qu'il jeta les yeux pour édifier le palais de son rêve.

Il fit venir ses deux architectes en pied, Percier et Fontaine, et il leur dit : « Je veux établir en face de Paris, à la porte de ma capitale, pour lui servir d'entrée d'honneur, le monument le plus vaste et le plus beau de l'univers. J'ai choisi comme assise centrale les hauteurs qui surplombent la Seine et le Champ de Mars, dont le terrain de manœuvre restera réservé à mes soldats pendant que l'École militaire appartiendra à mes officiers, ce sera le fond du tableau.

« Le palais lui-même, qui dominera tous les alentours, prendra le nom du roi de Rome, le fils que j'attends. (On sait que Napoléon croyait à son fils avant sa naissance comme il croyait à son étoile.) Tout devra être digne de lui et de moi, continua-t-il. En dehors des grands appartements d'honneur, des salles de fêtes et de réception, il faudra que je puisse m'y installer honorablement avec l'impératrice ainsi que notre enfant; que les divers rois, reines, princes et princesses de ma famille ainsi que toute ma cour, mes grands dignitaires, y aient un logement. Je désire, en outre, que les arts, les sciences, l'université, les archives y possèdent leur palais particulier. Je veux créer, en un mot, un Kremlin cent fois plus beau que celui de Moscou; ce sera ma cité impériale, la cité Napoléonienne. »

Le moderne César entendait, on le voit, tout concentrer autour de lui pour que tout pût chanter et célébrer sa gloire.

Puis, ses ordres précisés, Napoléon partit pour Dresde, où il allait se donner le spectacle d'une représentation du Théâtre-Français avec un parterre de rois.

Les architectes Fontaine et Percier ne perdirent pas de temps. Ils se mirent à l'œuvre. Les carrières de la montagne de Chaillot furent immédiatement fermées, les plans furent dressés et ils ne tardèrent pas à être soumis au maître. Ils existent, et nous avons pu en admirer les vues chez M. Foulon, le secrétaire général de la compagnie de l'Ouest, qui a épousé la petite-nièce de Fontaine. M. Foulon possède même des Mémoires inédits où l'éminent architecte raconte ses entrevues avec l'empereur [1].

L'aspect de ce palais du Rêve est imposant. Qu'on se figure sur le sommet du Trocadéro — un Trocadéro plus élevé que celui de nos jours — le palais de Versailles, côté des jardins, rehaussé de

1. Voir un renvoi à la fin de la table, f° 173.

4

colonnes superbes et précédé de la double colon-
nade du Bernin à Saint-Pierre de Rome. Cette
monumentale construction devait se dresser au
haut de trois terrasses successives s'élevant au
devant du pont d'Iéna — l'élégant palais actuel, avec
ses gracieuses galeries latérales, n'en peut donner
qu'une idée vaguement relative. Les appartements
de gala, avec la salle centrale des fêtes, tenaient
toute la façade donnant sur la Seine, et on y arrivait de chaque côté par une quadruple rangée de
colonnes circulaires. Du côté de Passy s'élevait la
salle de spectacle, du côté de Chaillot la chapelle.
Les appartements de l'empereur, de l'impératrice
et du roi de Rome étaient situés à l'ouest, faisant
face à un immense parterre qui s'étendait jusqu'au
bois de Boulogne, entre deux magnifiques avenues
descendant à droite et à gauche vers la Muette et
jusqu'à l'arc de triomphe de l'Étoile; elles représen-
taient à peu près nos avenues Kléber et Henri-
Martin. Quant au bois de Boulogne, il était tout
simplement destiné à servir de parc au nouveau
palais. Au nord et à l'est de la construction
centrale étaient placés des bâtiments divers, véri-
tables petits palais dans le grand, destinés à différents services. Puis venaient les dépendances :
ainsi, le château de la Muette devenait une simple
vénerie. Enfin, sur la rive gauche, sur chaque côté
du Champ de Mars, réservé à l'armée — l'instru-

ment du règne, — devaient s'élever deux immenses palais, et dans les terrains vagues autour de l'École militaire, un nouveau quartier officiel. On peut donc juger qu'une bonne moitié de Passy et de Chaillot, c'est-à-dire la plus grande partie du XVIᵉ arrondissement, en dehors d'Auteuil, et une portion du XVᵉ, était englobée par la conception napoléonienne.

Mais, à quoi tiennent les choses! Pendant ce temps, les destins en décidaient autrement. Ce palais, comme tant d'autres rêves, s'évanouissait dans les neiges de la Russie, et à peine un vague souvenir est-il arrivé jusqu'à nous de tant de splendeurs en expectative.

Tout n'est que vanité! avait dit Bossuet, chez les Visitandines, non loin de cette montagne de Chaillot qui faillit ainsi devenir le mont Capitolin des Français, avant de prendre le nom qu'elle reçut sous la Restauration à la suite de l'expédition d'Espagne. Un moment encore, cependant, l'ombre de Napoléon sembla en vouloir reprendre possession : ce fut à la rentrée de ses cendres, sous Louis-Philippe. Il fut alors question d'élever au conquérant un tombeau majestueux sur l'emplacement qu'il avait choisi pour son palais impérial. Après réflexion, on se décida pour les Invalides, ce qui a permis au XVIᵉ arrondissement de se développer et de garder son magnifique emplacement pour un palais moins glorieux

mais plus utile, pour son palais des Arts, pour le
palais national du Trocadéro.

Ici s'arrête la première partie de notre travail.
On vient de voir se dérouler l'histoire monumentale de notre région et, en somme, il ne reste pour
ainsi dire rien de tous ces monastères et de tous
ces châteaux royaux. Ils ont disparu avec le régime
et les privilèges qui les avaient fait naître. Il n'a
surnagé que les humbles paroisses, qui ont grandi
pendant que le peuple s'instruisait et que les différentes classes de la nation se confondaient pour
former le peuple français. Qu'on ne nous trouve pas
trop ambitieux d'évoquer à propos de nos petites
affaires locales de si larges horizons, on va être
très étonné sans doute de nous trouver mêlés très
activement à la grande rénovation nationale de la
fin du XVIIIe siècle, grâce au grand nombre d'esprits
supérieurs qui vinrent puiser chez nous, dans le
calme et la méditation, des idées nouvelles pour
aider à régénérer la France.

En rappelant simplement l'existence de ces pen-
seurs, philosophes et écrivains que nous avons le
droit de classer parmi nos ancêtres directs — sans
compter une élite de grands et divers artistes, —
nous trouverons là un légitime sujet d'orgueil pour
nous faire quelque peu oublier les scandaleux souvenirs que, jusqu'ici, nous avons trop souvent ren-
contrés sur notre route.

# DEUXIÈME PARTIE

---

## NOS PAROISSES

Notre vie populaire s'était développée peu à peu à côté de la vie religieuse et royale, activée dans son essor par le voisinage de la capitale. Tout autour de Paris, la sécurité venant, la population avait augmenté, s'était groupée et avait formé une ceinture de petites localités vivant de la grand' ville et offrant en retour aux Parisiens des lieux charmants de villégiature.

Cette banlieue suffit longtemps à nos pères et ils y trouvèrent toutes les satisfactions que nous allons chercher bien loin, aujourd'hui que nous nous sommes créé tant de besoins factices et que l'expansion de la richesse et les facilités de locomotion ont mis à notre portée tant de paysages nouveaux. Favorisée par ses avantages naturels, notre région vit

surgir des paroisses très rapprochées les unes des
autres. Toutefois, nous ne parlerons que de celles
qui devaient former plus tard notre XVIᵉ arrondissement, laissant même de côté les deux plus immé-
diates, Boulogne et Neuilly, puisqu'elles ont eu une
destinée différente de la nôtre. Séparées de nous
une première fois, en 1840, par la construction des
fortifications, et une seconde fois, en 1859, lorsque
Paris s'augmenta de huit arrondissements et que
nous fûmes englobés dans la capitale, nous nous
en tiendrons à nos communautés d'Auteuil, de
Passy et de Chaillot, bien qu'on ne sache pas ce
que l'avenir réserve à nos anciennes voisines.

On trouvera aussi dans ce chapitre consacré à
notre population générale, sur certaines demeures
et familles seigneuriales, quelques détails très intéressants pour notre histoire locale.

# AUTEUIL

Nous commençons par notre plus vieille localité : Auteuil. Les étymologistes voudraient voir dans l'origine de ce nom un souvenir du collège des Druides, en le faisant découler d'*Altare*, *Altarium*, *Altolium*, *Autheuil*.

Ce fut Maurice de Sully, évêque de Paris de 1160 à 1196 et fondateur de Notre-Dame, qui, ainsi que nous l'avons déjà dit plus haut, érigea Auteuil en paroisse en la plaçant sous la dépendance du chapitre de Saint-Germain-l'Auxerrois. A ce titre, nos paroissiens durent payer une dîme de vin, et cette obligation se perpétua jusqu'en 1745, date à laquelle disparut ledit chapitre. Le curé d'Auteuil releva dès lors de l'archevêché de Paris, mais il continua d'être le représentant légal des habitants. Il existe, aux Archives, des documents du XIIIe siècle, où un curé nommé Simon traite et signe au nom de la communauté. Ce ne fut cependant qu'à partir de Louis XI que les paroisses d'Auteuil et de Boulogne furent complètement séparées.

Auteuil, qui avait eu beaucoup à souffrir pendant

la guerre de Cent Ans, se développa lentement, bien que la localité fût desservie par deux grandes voies. D'abord par la route du bord de la Seine, la plus fréquentée parce qu'elle évitait les montées et les descentes. Elle passait au « Point du Jour », nom pittoresque provenant d'une aventure que Barbier rapporte dans son *Journal* à la date de 1748.

Le comte de Coigny jouissait de la plus grande faveur auprès de Louis XV. Un soir qu'il assistait au jeu du roi à Versailles et qu'il y faisait la partie avec le prince de Dombes, fils du duc du Maine, légitimé de Louis XIV, le prince lui gagna une forte somme. Coigny, dans son dépit, s'écria : « Il faut être bâtard pour avoir tant de bonheur! » Le prince trouva la familiarité par trop inconvenante et lui dit à l'oreille : « Nous nous retrouverons à la fin du jeu ». Et, en effet, à la sortie, les deux partenaires montèrent chacun dans leur carrosse et prirent la route de Paris en décidant de se battre aussitôt qu'on y verrait clair. Au point du jour on se trouvait au travers d'Auteuil; l'on mit l'épée à la main et Coigny fut tué net. L'événement fit grand bruit à la cour, mais le roi n'osa intervenir. Le lieu du duel garda du coup le nom de *Point-du-Jour*.

L'autre route de l'époque, plus centrale, sert encore aujourd'hui de grande rue. Elle passait auprès de l'église, autour de laquelle s'était groupée la population. Cette église, dont on se souvient bien et

qui fit place à la nouvelle en 1877 seulement, était
construite dans le style roman. Elle n'avait de
remarquable que son ancienneté et sa cloche, qui
portait l'inscription suivante : « L'an 1565 nous
fusmes faite par tous les habitants d'Auteuil et fus
nommée Marie; alors Marguillers, Pierre Attray et
Étienne de Villiers ».

Les habitants d'Auteuil ne durent pas être très
nombreux à souscrire, car deux cents ans après on
en comptait cinq cents à peine.

Autour de l'église existait jadis un cimetière où
le chancelier d'Aguesseau fut enterré; plus tard,
quelques habitants notables obtinrent d'avoir leur
sépulture dans l'église elle-même, mais à sa démo-
lition une seule de ces tombes a été conservée,
celle de Mme Rousseau-Ternaux, une bienfaitrice
de la paroisse.

Le XVIIIᵉ siècle fut une belle époque pour Auteuil.
Autour des bâtiments et des terres appartenant aux
Genovéfains, lesquelles descendaient de l'église
à la Seine, et du château du Coq, assez restreint
en étendue, s'étaient formées de belles propriétés
particulières. Elles appartenaient à de grands seigneurs ou de riches fermiers généraux, toutes gens
s'enrichissant par la faveur du roi. Aussi se livraient-
ils à des prodigalités dont profitaient un peu la
localité et beaucoup les actrices à la mode.

## LE DOMAINE DES BOUFFLERS

Le plus important de ces domaines était celui des Boufflers, qui appartint tout d'abord aux d'Aligre, famille de grands officiers des finances royales.

Le château avait son entrée sur la place du marché actuel, presque en face du château du Coq. La propriété s'avançait, enclose de murs, jusqu'à la lisière du bois de Boulogne. Le parc, dont la ligne du chemin de fer d'Auteuil traverse l'emplacement, fut un des premiers, en France, plantés à l'anglaise. Jusque-là, le goût des parterres à la Lenôtre et des allées taillées en *if* ou en berceaux avait régné sans partage, après avoir succédé aux terrasses et aux rocailles à l'italienne. Ce sont les Anglais, dont nous imitons fâcheusement tant de vilaines choses, qui eurent cependant le mérite de mettre à la mode les vertes pelouses coupées de ruisseaux sinueux avec des groupes d'arbres au feuillage varié. La nature de leur pays leur avait donné cette bonne inspiration et nous les suivîmes. Le plus beau spécimen de jardin anglais qui nous soit resté de l'époque est celui du Petit-Trianon de Marie-Antoinette, et dans nos alentours immédiats, celui de Bagatelle, qui fut disposé de la sorte par le comte d'Artois. Mais les Boufflers, avec leur parc, avaient précédé ces créations princières.

Ce fut la deuxième branche de cette famille qui s'établit à Auteuil. Le maréchal de Louis XIV, l'illustration militaire du nom, appartenait à la branche aînée. Ce fut par les femmes que la lignée d'Auteuil se distingua. Une première comtesse de Boufflers fut célèbre sous la Régence; elle faillit même épouser un prince du sang, le prince de Conti, dont elle avait su se faire aimer à tel point qu'on la surnommait l'*idole.* C'est ainsi que Mme du Deffand la désigne dans ses lettres.

Admiratrice de J.-J. Rousseau, elle s'inspira des doctrines et aussi des mœurs de ce philosophe; ce qui lui faisait dire : « Je veux rendre à la vertu par mes paroles ce que je lui ôte par mes actions ». D'un esprit encore au-dessus de sa beauté, elle sut réunir autour d'elle, après la mort du prince, une pléiade d'hommes d'élite français et étrangers qui venaient lui présenter leurs hommages à Auteuil. L'Anglais Walpole, après une visite, écrivait à son ami le révérend William Mason, à la date du 10 septembre 1775 : « Hier, je suis allé à Auteuil « voir le jardin anglais de la comtesse de Boufflers. « C'est elle qui l'a créé d'après un jardinier anglais: « Il contient cinquante-deux acres de terre qui vont « en montant depuis la maison jusqu'à une hauteur « qui s'avance dans les champs, avec des lices, des « arbres et des arbustes détachés. Le gazon est sup- « portable bien que grossier et d'un vert rarement

« en usage dans le jardin d'un gentleman en Angle-
« terre. Sur toute l'étendue du sommet règne une
« terrasse imposante entourée par le bois de Bou-
« logne, où conduit une grille ouvrant sur une longue
« avenue qui se termine par une colline en pain de
« sucre. De la terrasse, la vue s'étend à travers la
« plaine, sur une magnifique perspective qui com-
« mence à gauche par un des châteaux du roi, se
« continue par un bois hors duquel se détache Passy,
« qui forme décoration et laisse par échappées une
« vue admirable sur des coteaux et des villas à
« grande distance. Le milieu du paysage fait encore
« une pointe en avant; sur le premier plan sont des
« villages et des maisons de campagne, au-dessus
« desquels s'étend tout Paris, avec son horizon
« découpé par les tours et les dômes de Notre-Dame,
« de Saint-Sulpice, des Invalides et du Val-de-Grâce.
« L'extrémité de l'hémicycle formé de coteaux cou-
« verts de clochers et d'habitations de toutes sortes
« est close par Meudon et par des forêts sur les col-
« lines plus élevées. Dans ce magnifique point de
« vue, il ne manque que de la verdure et de l'eau,
« dont on ne voit pas une goutte. En somme, on
« n'aura jamais ici d'aussi beaux paysages que chez
« nous. »

Ce petit coup de patte de la fin n'empêche,
comme dirait Pierre Dupont, qu'ils n'ont pas en
Angleterre un aussi gracieux tableau à montrer.

Walpole avait pu voir dans sa patrie des sites plus
verts ou plus alpestres, mais il n'aurait pu en dési-
gner un seul, à la porte d'une grande ville anglaise,
pouvant être comparé à celui-là.

Disons qu'on peut retrouver trace de la petite
colline d'où l'on jouissait d'un si admirable point
de vue, d'après Horace Walpole, dans le petit
monticule baigné d'un petit lac et ombragé d'un
bouquet de beaux arbres qui existe encore à la
porte d'Auteuil, sur la limite du champ de courses.
Dans le parc des Boufflers on voyait aussi une belle
allée de tilleuls qui conduisait à une orangerie;
quant au jardin anglais, il était complété par une
laiterie. C'était l'époque des bergères à la Watteau.
Ces grandes dames d'alors s'imaginaient ainsi
revenir à la nature primitive mise à la mode par
Jean-Jacques.

M. Antoine Guillois, l'historien de Mme de Boufflers, donne sur elle beaucoup de détails du plus
vif intérêt; ils mériteraient tous d'être cités, mais
ils nous entraîneraient trop loin et cela sortirait de
notre petit résumé anecdotique.

La comtesse laissa une belle-fille qui brilla à la
cour de Marie-Antoinette et fut non moins connue
que sa tante par l'éclat de sa beauté. Cette seconde
madame de Boufflers vit sa fortune compromise
sous la Révolution, et, en 1814, sa propriété, saisie
et vendue, fut achetée par la duchesse de Montmo-

rency. Morcelé depuis, il ne reste du magnifique
parc que la villa Montmorency divisée en un grand
nombre de demeures particulières, parmi lesquelles
se trouve celle des Goncourt, qui a fait ces temps-ci
quelque bruit dans le monde littéraire.

Les deux comtesses de Boufflers peuvent donc
compter parmi les célébrités qui ont consacré la
réputation d'Auteuil, où les femmes ont joué un
rôle si prépondérant.

## L'HOTEL DE VERRIÈRES

Nous allons rencontrer plus loin la plus célèbre
d'entre toutes nos femmes et la plus digne de l'être.
En attendant, pour suivre l'ordre des dates, jetons,
à propos de deux demoiselles de théâtre, un coup
d'œil sur le plus joli hôtel privé qui nous ait été
conservé avec son élégant cachet du xviiiᵉ siècle.
Il est situé au nº 45 de la grande rue d'Auteuil et
on le retrouve tel qu'il était alors, avec son jardin
à la française orné de statues du temps. L'entrée des
Boufflers était en face et celle du château du Coq à
côté.

Il s'agit de l'hôtel que s'était fait bâtir une actrice,
Mlle Antier, qui le céda à deux sœurs, Mlles de Ver-

rières, chanteuses d'opéra, protégées successivement par deux hommes en vue, M. du Châtelet, le
marquis dont la femme fut aimée de Voltaire, et
le maréchal de Saxe, le vainqueur de Fontenoy.
Ces demoiselles firent même construire un petit
théâtre d'amateurs qui eut grand succès. C'était
notre cirque Molier de l'époque. On y joua des
pièces nouvelles et d'actualité. Les seigneurs et
aussi les dames de la cour y assistaient et Mlles de
Verrières, encouragées, donnèrent des fêtes champêtres dont on a gardé le souvenir. Aujourd'hui
que la langue française paraît insuffisante à notre
monde élégant, on appellerait une fête de ce genre
un *garden-party*. Il est vrai qu'au siècle dernier on
avait à propos des Anglais une autre manie bien
plus regrettable : on était chevaleresque. On se
rappelle qu'à Fontenoy, au moment d'engager la
bataille et alors que le sort de la France pouvait en
dépendre, on leur cria : « Messieurs les Anglais, tirez
les premiers », et qu'eux, toujours pratiques, s'em-
pressèrent de profiter de l'aubaine en nous mettant
bas quelques centaines d'hommes dès cette première
décharge. Sans les calomnier, et tout en leur ren-
dant justice comme corps de nation, l'on peut même
croire que nos voisins durent prendre, dans la circonstance, tout leur temps pour bien ajuster.

Revenons à Mlles de Verrières, dont l'une a été
l'arrière-grand'mère de George Sand. Ces deux

personnes séjournèrent à Auteuil de 1743 à 1767.
Elles devinrent fort charitables dans leur vieillesse
et vécurent au mieux avec leur curé; aussi lais-
sèrent-elles de vifs regrets à leur mort, entre autres
ceux d'un poète loqueteux, Colardeau, habitué de la
maison, qui rimait en l'honneur de l'hôtel de Verrières des vers dans ce genre-ci :

> Oui, je vous reverrai, délicieux berceaux :
> En vain les aquilons dépouillent vos rameaux,
> Vous avez moins d'attraits, mais celle que j'adore
> Peut au sein des hivers vous embellir encore.

L'hôtel de Verrières ne devait plus revoir la
grande vie passée. Peut-être est-ce ce qui le sauva?
Moins en vue, moins fréquenté, il a traversé la
Révolution et il nous est arrivé intact, quand il ne
reste que le souvenir des autres fastueuses demeures,
ses voisines.

Mais la maison qui surpassa en réputation toutes
les autres, ce fut un très modeste hôtel qui ne dut
sa renommée qu'à la personne qui l'habita. Par ses
qualités morales et sa haute intelligence, par l'influence qu'elle exerça sur les hommes de son temps,
Mme Helvétius fut la gloire d'Auteuil à la fin du
siècle dernier; nous la réserverons donc pour le
chapitre des personnages célèbres, ainsi que la marquise de Condorcet, son amie.

# PASSY

Nous arrivons à Passy, qui pendant longtemps dépendit d'Auteuil. Bien que la dernière née, cette paroisse, une fois organisée, ne tarda pas, grâce à sa situation centrale, à devenir le point le plus fréquenté de la région. Aussi, lorsque l'on constitua le XVIᵉ arrondissement, fut-il connu tout d'abord sous le nom d'arrondissement de Passy. D'autre part, nous possédons sur cette localité de nombreux documents.

---

## LA SEIGNEURIE

Les Archives de Paris nous ont conservé le souvenir authentique d'une seigneurie de Passy au xvᵉ siècle. Elle était de bien médiocre étendue et avait comme propriétaire une dame qui prenait dans les actes le nom de Jeanne de Paillard, dame de Passy, Espigneul et Espigneulet-sur-Seine. Elle vivait en 1416. En 1468, le fief était retourné au roi Louis XI. Au xvıᵉ siècle, nous le trouvons tombé entre les mains d'un certain Jean Spifame, fils d'un évêque de Nevers, qui alla, disent les chroniques, se faire pendre à Genève, le 23 mars 1566, pour adultère, sous le nom de M. de Passy. Puis, à la suite de mutations successives, entre seigneurs de peu d'importance, le fief fut acquis en 1658 par M. et Mme Claude Chahu ou de Chahu, qui furent les vrais fondateurs de Passy. Le sieur de Chahu était conseiller du roi et trésorier général des finances.

Le Dr Paul Raymond a trouvé l'acte d'achat aux archives de l'Hôtel-Dieu, et voici la description qu'il fait du domaine :

« La terre et seigneurie de Passy, sise en la paroisse d'Auteuil, près de Paris, consistait en une maison seigneuriale, colombier à pied, pressoir, ouvrages et ustensiles destinés pour ledit pressoir, un petit jardin clos de murs contenant douze arpents ou environ. Ce lieu, ainsi qu'il se poursuit, comporte justice haute, moyenne et basse, soixante livres ou environ de menus cens ou rentes à donner tant en poulets, chapons, que grains; quinze arpents ou environ de prés en plusieurs pièces sises audit terroir de Passy, quatre arpents ou environ de vignes, aussi en plusieurs pièces, deux arpents de terres labourables au-dessous desquelles sont carrières non fouillées, et deux pièces.... Item le fief de Saint-Paul audit Passy, consistant en moyenne et basse justice censive, quatre arpents de prés, une pièce sise vers Auteuil, le droit de passage sur la rivière

de Seyne pour passer du port de Nigeon au port
de Grenelle,... le tout appartenant auxdits sieur et
dame d'Argenticu. »

La seigneurie de Passy était donc encore au
xviie siècle aussi peu importante que la localité elle-
même, mais elles ne tardèrent pas l'une et l'autre à
s'agrandir. Les époux de Chahu acquirent des maisons, des vignes, des carrières, des terrains vagues,
et formèrent un domaine sérieux ; puis le mari étant
mort, sa veuve, Christine-Chrestienne de Heurles,
continua son œuvre. En fait, c'est surtout à elle
que Passy doit sa création.

---

### CRÉATION DE LA PAROISSE

Jusque-là, les habitants de l'endroit avaient vécu
à l'abri de l'abbaye des Bonshommes. Christine de
Chahu, d'accord avec eux, fit élever une église pour
remplacer leur modeste chapelle qui était desservie
par le curé d'Auteuil, puis Christine et nos bons
villageois sollicitèrent de l'archevêque de Paris
l'honneur d'être érigés en paroisse indépendante.
On devine la lutte qui s'ensuivit avec Auteuil, car
chapelles et églises comportaient alors le droit aux
dîmes et prébendes. L'archevêque ayant donné
satisfaction à Christine, la cure d'Auteuil en appela
comme d'abus devant le Parlement. Cela pouvait
durer longtemps, il y eut transaction. Comme der-

nier hommage de juridiction le curé d'Auteuil eut
droit de venir dire la messe dans la nouvelle église
de Passy le jour de l'Annonciation et d'y recevoir
un présent [1].

La veuve de Chahu ayant assuré l'existence de la
nouvelle paroisse par un revenu de 8 000 livres,
elle la confia aux Barnabites et leur fit don aussi
d'un presbytère, celui qui existe encore. Elle fonda
de plus notre première école libre et lui consacra
un immeuble dans la rue de Passy, avec une somme
annuelle de *sept vingt dix livres* — c'est ainsi que
s'exprime l'acte de donation, — pour l'entretien de
la maîtresse d'école chargée des filles. Les garçons
avaient pour maître un prêtre barnabite. Christine
de Chahu, en mourant, légua ses biens à l'Hôtel-
Dieu, ce qui explique qu'on y a retrouvé les papiers
de notre domaine seigneurial, qui, de mutation en
mutation, fut enfin vendu au xviie siècle, fief et terres

---

1. Cette église fut dédiée à Notre-Dame de Grâce, quoiqu'elle soit également connue sous le nom d'église de
l'Annonciation. L'Annonciation est simplement le jour de
la fête patronale de Passy. Bien que la célébration de cet
anniversaire religieux ait lieu le 25 mars de chaque année,
petit à petit l'usage voulut — à cause de la saison peu
avancée — que la fête publique fût renvoyée au premier
dimanche de mai. La population se donnait rendez-vous ce
jour-là sur les pelouses qui entouraient la Muette. On remar-
quera que l'église des Bonshommes avait déjà été placée
par sa fondatrice, la reine Anne, sous le patronage de
Notre-Dame des Grâces ou de Toutes Grâces. Ce qui fait
que les deux églises du vieux Passy avaient reçu à peu près
e même vocable gracieux.

attenantes, à un M. de la Briffe pour la somme de 60 000 livres payables comptant.

---

## LE CHATEAU

Le moment arrivait où la modeste seigneurie allait se transformer. Un M. Fontaine, conseiller du roi, l'ayant acquise de M. de la Briffe, il y fit construire un château qui peu après fut acheté par Samuel Bernard, le Rothschild de l'époque, auquel Louis XIV empruntait de l'argent. Le domaine, devenu important, passa successivement entre les mains du fils de Samuel, connu sous le nom de Bernard de Rieux, et de son petit-fils, Bernard de Boulainvilliers, lequel devait laisser son nom au château. Ce dernier cependant ne le prisa guère, et il le loua à vie à celui qui devait lui valoir son plus grand' éclat. Ce fut un fermier général, le bien nommé Jean-Joseph Le Riche de La Pouplinière, qui y vécut somptueusement, entouré d'artistes et d'hommes de lettres. Tout y fut mis sur le plus grand pied. Le maître de céans y fit construire un théâtre pour représenter des pièces de sa composition — car La Pouplinière se piquait de belles-lettres. Il ne manquait pas d'ailleurs d'esprit et, son argent aidant, ses bons mots eurent du succès. Le château de Passy fut alors appelé le temple des Muses et des Plaisirs.

J.-J. Rousseau le fréquenta et nous en parle dans ses *Confessions*. Les musiciens Rameau et Gossec y étaient chez eux; Rameau y composa la plupart de ses œuvres et Marmontel y écrivit ses tragédies.

Cette maison, a dit le baron Grim, était le réceptacle d'une foule de gens de tous les états, tirés indistinctement de la bonne ou de la mauvaise compagnie : gens de cour, gens du monde, gens de lettres, artistes, acteurs, actrices, étrangers. M. Léopold Mar, qui a fait une étude complète sur La Pouplinière, achève ainsi le tableau :

« On donnait le nom de *Ménagerie* à la maison, et au maître celui de *Sultan*. Parmi les habitués notables de ses salons se rencontraient Jean-Jacques Rousseau, Duclos, Raynal, Suard, La Condamine, Saurin, Darcet, Vaucanson, le peintre Carle Vanloo et la charmante cantatrice italienne sa femme, Chardin, le peintre de la nature morte, le pastelliste Latour et le sculpteur Pigalle, les écrivains anglais David Hume et Gibbon et la plupart des ambassadeurs étrangers. L'armée était représentée par les maréchaux de Saxe et de Lowendal et surtout, pour le malheur du ménage La Pouplinière, par le futur maréchal de Richelieu, l'homme le plus aimable, le plus libertin et le plus séduisant de son époque. »

Le cénacle était donc des plus variés, très artiste en même temps que très littéraire; mais si l'amitié

des hommes de lettres sert à la gloire, ce sont par
contre des commensaux bien indiscrets et quelquefois bien dédaigneux. C'est à La Pouplinière que
Piron disait un jour avec supériorité, après un bon
repas dont il avait pris sa part : « Allez, monsieur,
allez cuver votre or ». C'est Marmontel, l'un des
choyés de la maison, qui raconte dans ses *Mémoires*
les aventures de Mme de La Pouplinière avec le duc
de Richelieu. Cette dame avait été actrice et était
fort belle, c'est dire que La Pouplinière, en intro-
duisant le duc chez lui, avait été fort imprudent. Il
voulut se défendre cependant et il fit surveiller sa
femme ; bien entendu, il perdit son temps. Le séduc-
teur s'introduisait dans la chambre de la belle par
une plaque tournante qu'il avait fait installer dans
une cheminée mitoyenne. Tout cela fut constaté au
procès qui eut lieu et amena une séparation.

La Pouplinière eut le second tort de se remarier,
et il ne fut pas plus heureux. Il finit par mourir
assez tristement en 1762, après avoir été rayé de la
liste des fermiers généraux.

Passy, cependant, ne doit pas lui garder un mauvais souvenir, car il répandit beaucoup de bienfaits
autour de lui. Tous les ans, le jour de l'Annonciation, fête patronale de la paroisse, il dotait six
filles pauvres d'un trousseau et de 500 livres. Les
rosières, on le voit, ont toujours été nombreuses à
Passy ; il est bien injuste donc que Nanterre se soit

fait une si grande renommée avec une seule et
unique rosière annuelle.

Et encore, ce jour-là, pour compléter la fête, ce
bon M. de La Pouplinière donnait à danser dans
son parc à tous les habitants d'alentour. Aussi
Bachaumont lui dédia-t-il l'épitaphe suivante :

> Sous ce tombeau repose un financier ;
> Il fut de son état l'honneur et la critique ;
> Généreux, bienfaisant, mais toujours singulier,
> Il soulagea la misère publique.
> Passant, priez pour lui, car il fut le premier !

Il est vrai que Voltaire, moins indulgent, en parlant de lui le traitait ironiquement de Mécénas.

Sa mort fit retourner le château à son propriétaire le marquis de Boulainvilliers, prévôt de Paris
sous Louis XV et Louis XVI, qui ayant prêté, lui
aussi, comme son grand-père, de l'argent au roi,
fut anobli pour cela.

Mme de Boulainvilliers, dame fort charitable,
recueillit vers cette époque deux enfants dans des
conditions qui méritent d'être relatées. C'étaient
deux orphelins, un garçon de dix ans et une petite
fille de six ans, dont le père venait de mourir à
l'Hôtel-Dieu. En faisant des recherches sur leur
famille, on découvrit que ces deux abandonnés
étaient les descendants d'un bâtard de Charles IX.
Mme de Boulainvilliers leur fit donner une pension
par le roi, et la fillette devenue grande épousa un

comte de la Motte. Ce fut cette comtesse de la Motte qui compromit plus tard le cardinal de Rohan et Marie-Antoinette elle-même dans l'affaire du collier. Elle fut condamnée, comme on sait, pour escroquerie et marquée au fer rouge.

Bernard de Boulainvilliers loua une seconde fois, à vie, son château au duc de Penthièvre, qui y vint souvent et y amenait Florian, le dieu des Cigaliers contemporains. Avec la Révolution, le duc de Penthièvre disparut et le château n'exista plus que de nom.

La seigneurie de Passy avait donc subi quatre transformations. Elle avait d'abord fait partie du domaine royal sous la désignation de Villa Dominica, s'il faut en croire les recherches de Quillet, puis était devenue un fief banal dont Christine de Chahu fit une seigneurie paroissiale, sur laquelle Fontaine éleva le château qui reçut comme dernier nom celui de Boulainvilliers. Le tout finit par disparaître en 1820, pour faire place à un quartier nouveau qui a conservé le nom du petit-fils de Samuel Bernard. On peut se faire une idée de l'étendue qu'avait alors le domaine en se figurant qu'il était situé sur les hauteurs du coteau, dans le haut de la rue Boulainvilliers actuelle, et qu'il descendait jusqu'à la rue de l'Assomption.

## LE VILLAGE ET LES HOTELS
## PARTICULIERS

Passy au xviiie siècle ne possédait que trois grandes voies pavées : la Grande Rue (rue de Passy), qui fut la route de l'ancien village ; la rue Basse (rue Raynouard), qui serpentait sur la cime de la colline et servait d'accès aux propriétés qui s'y étaient constituées pour jouir du coup d'œil ravissant de la vallée de la Seine, et la rue Bois-le-Vent, dont il ne reste qu'un tronçon, qui conduisait directement du château de la Muette à l'église de l'Annonciation.

La grande rue de Passy, à laquelle aboutit la rue Boulainvilliers, posséda aussi, sur son parcours de l'Abbaye des Bonshommes à la Muette, plusieurs hôtels ayant appartenu à des personnages connus. Le dernier démoli, l'hôtel de la Folie, exista jusqu'en 1890 ; il s'élevait là où l'on vient de percer la rue Claude-Chahu, auquel on aurait dû associer le nom de sa femme Christine de Heurles.

Cet hôtel de la Folie, dont le titre n'est pas expliqué, fut offert par Louis XV à une demoiselle de Romans, dont il eut un fils qui fut baptisé en l'église de Passy et y reçut, avec l'autorisation du roi, le nom de Louis N. de Bourbon. La jeune femme, à qui on avait monté la tête, rêva de faire légitimer son fils, mais l'homme au déluge, qui n'aimait pas qu'on l'ennuyât, fit enlever l'enfant, et sa mère ne

le revit plus que quatre ans après la mort du roi.
Plus tard, il entra dans les ordres sous le nom d'abbé
de Bourbon et il allait être nommé cardinal lorsqu'il
mourut. Il était le portrait frappant de son père.

En 1840, l'hôtel de la Folie était devenu la propriété de Jules Janin, et sous l'Empire il appartint
au prince Demidoff, le mari de la princesse Mathilde,
qui songea un moment à le restaurer. Puis l'immeuble devint une maison de santé; il y eut un
pensionnat en dernier lieu.

Nous avons à citer aussi, très succinctement,
l'hôtel de Valentinois, dont l'entrée était rue
Basse, aujourd'hui rue Raynouard, et sur l'emplacement duquel les Frères des écoles chrétiennes
ont établi leur maison principale. Sous Louis XV,
la comtesse de Valentinois y reçut Mme du Barry.
Plus tard Franklin habita un des pavillons et y fit
un premier essai du paratonnerre en France. En
1814, le prince de Condé y séjourna quelque temps.

Il nous reste bien d'autres choses à rappeler
sur Passy, qu'habitèrent tant d'hommes célèbres
et où il s'est passé tant d'événements importants,
mais nous en parlerons au chapitre consacré aux
personnages du XVIᵉ arrondissement. Quant aux
événements, nous allons aussi les grouper lorsque
nous en aurons fini avec la fondation des paroisses.
Il nous faut arriver à celle de Chaillot.

# CHAILLOT

Vers la fin du xiiᵉ siècle, le village de Chaillot commença à se former et en 1659, après qu'Henriette d'Angleterre eut fondé le couvent de la Visitation, il avait acquis assez d'importance pour être érigé en faubourg de Paris; ce qui lui assurait certains privilèges.

Quant au fief seigneurial, il dut être, à sa création, très restreint, bien qu'il possédât le droit de haute, de moyenne et de basse justice. Il faisait partie du domaine royal sous Louis XI. Ce monarque avait trouvé moyen d'accaparer toutes les terres d'alentour et il donna celle-ci, en 1474, au célèbre chroniqueur-historien Philippe de Comines. Le fief fut plus tard englobé dans le château que Catherine de Médicis fit construire, lequel passa, comme on l'a vu, entre les mains de Bassompierre, qui fut le seigneur en vedette de Chaillot, comme les Boufflers le furent à Auteuil et M. de La Pouplinière à Passy.

Nous avons déjà écrit quelques mots sur ce personnage qui se signala sous les règnes de Henri IV et de Louis XIII par ses excentricités et ses mau-

vaises mœurs autant que par son mérite. Nous
avons encore quelque chose à en dire.

Tallemant des Réaux abonde en anecdotes à son
propos, mais lui-même y sut ajouter. Voici comment il se rendit populaire chez les Suisses. Le
roi l'ayant envoyé en ambassade à Berne, ses habitudes de luxe ne lui auraient pas donné grande
influence chez ce peuple simple, s'il n'avait su
plaire aux membres du Grand Conseil par des
moyens mieux appropriés, par exemple celui qu'il
employa le jour de son départ. Il s'en était allé
faire sa visite d'adieu aux représentants des cantons, qui lui offrirent le vin de l'étrier. Les verres
étaient grands, mais, ne les trouvant pas à la grandeur de son amitié pour les Suisses, il tira sa vaste
botte à la Louis XIII, la fit remplir et y but treize fois
à la santé des treize cantons; puis il passa la botte
à la ronde, qui lui fut rendue vide. Le coup de
l'étrier à la Bassompierre resta légendaire à Berne.

Tout ambassadeur qu'il avait été, il commit l'im-
prudence de conspirer contre Richelieu, lequel fit
signer une lettre de cachet par le roi et envoya
notre homme à la Bastille. Il n'en sortit que douze
ans après, à la mort du cardinal. Bassompierre
nous apprend qu'avant de se laisser enfermer il
avait brûlé 6 000 lettres d'amour. C'était beaucoup
pour un homme si corpulent. Il avait bien profité
de sa longue détention pour maigrir et écrire ses

*Mémoires*, mais quand il sortit, il voulut reprendre ses anciennes habitudes, il ne tarda pas à en mourir.

---

## LE COURS-LA-REINE

Bassompierre·nous amène tout naturellement à un autre sujet. Nous l'avons vu contribuer fastueusement, par la construction d'un quai, à embellir les bords de la Seine à la sortie de Paris pour rendre la route de son château de Chaillot plus agréable. Ce fut en 1616 que cette magnifique voie fut complétée et aménagée, telle que nous la voyons aujourd'hui, par la reine Marie de Médicis. De là, le nom de Cours-la-Reine qui lui a été donné. Elle fut plantée de quatre rangées d'arbres sur une longueur d'environ un kilomètre et demi. Le Cours était bordé de fossés et fermé, à ses extrémités, par deux grilles monumentales pour en défendre l'accès aux gens du peuple et en réserver l'usage aux personnes de qualité. Sous la Fronde, cette promenade jouit de la plus grande vogue. C'était le rendez-vous à la mode; il était de bon ton de s'y montrer; on y courtisait, on y complotait. Lorsque Marie de Médicis dut s'enfuir nuitamment de Paris avec son fils Louis XIV, encore enfant, ce fut par

le Cours-la-Reine que l'on s'achemina vers le château de Saint-Germain, où le jeune souverain qui
devait plus tard léguer à l'admiration de la postérité
les splendeurs de sa chambre à coucher, ne trouva
pour dormir qu'un matelas emprunté; sa suite dut
se contenter de bottes de paille.

Les nuits du Cours-la-Reine, par contre, ne furent
pas toujours aussi sombres; on y donna longtemps
des fêtes nocturnes très renommées et la magnificence du lieu ne s'éteignit que beaucoup plus tard,
lorsque l'avenue des Champs-Élysées fut créée.

## LA SAVONNERIE

Le Cours-la-Reine aboutissait à un établissement
réputé qui fut fondée par Henri IV au bas de la
colline de Chaillot, là où existe aujourd'hui la
manutention militaire du quai Debilly : nous voulons parler de la fabrique de tapis de la Savonnerie.

Cette célèbre manufacture avait été installée pour
imiter les tapis de Turquie et de Perse, ces fameux
tapis d'Orient qui ont conservé leur supériorité à
travers les siècles malgré les progrès de l'industrie
occidentale. Si la Savonnerie ne parvint pas à les
éclipser, elle créa du moins un genre de tapisserie

auquel elle a laissé son nom et lui acquit une belle
réputation, surtout après qu'elle eut été réorganisée
une première fois par Colbert et une seconde, au
XVIIIᵉ siècle, par le duc d'Antin. C'est ce gouverneur
de Paris qui ouvrit l'allée dite des Veuves, aujour-
d'hui avenue Montaigne, pour faire communiquer
le Cours-la-Reine et le quartier de la Savonnerie
avec les Champs-Élysées.

La manufacture, après avoir traversé des vicissitudes diverses et même la Révolution, fut fermée
en 1826 et réunie aux Gobelins. Ainsi finit la vieille
maison des tapis de Chaillot, après avoir produit
tant de chefs-d'œuvre.

## EXPANSION RÉGIONALE

Avec la Savonnerie, nous venons d'ouvrir le chapitre de notre vie commerciale et industrielle et nous allons assister sur notre rive fluviale au tableau animé d'un trafic et d'un mouvement considérables. En effet, la route qui la borde va servir de trait d'union entre Paris et Versailles, entre la capitale nationale et la capitale royale; elle va devenir la grande avenue de la politique et des faveurs; on y va rencontrer un défilé continuel de piétons, de cavaliers, de carrosses, de véhicules de toutes sortes, pendant que sur la Seine circuleront d'autres voyageurs dans les coches d'eau, traînés par des chevaux, sans compter les nombreux bateaux à marchandises. En un mot, le grand chemin qui traverse notre territoire va devenir le plus fréquenté de France, comme le Pont-Neuf était le point le plus animé de Paris. Ah! la belle voie,

6

qui, après avoir franchi le fleuve à Sèvres, côtoyé
Boulogne, traversé Billancourt — qui était né et
devait devenir Billancourt, — contournait Auteuil
au Point-du-Jour, côtoyait les verdoyantes cimes de
Passy pour aboutir devant la Savonnerie au Cours-
la-Reine, cette entrée imposante de la capitale.

Les coteaux de Passy et d'Auteuil étaient alors
le plus bel ornement des environs de la grande ville.
Au bas de la côte s'élevaient les futaies des vastes
propriétés du bord de l'eau. Au-dessus s'étageaient
les vignes et les vergers, avec un couronnement de
nombreuses maisons de campagne agréablement
coupées de verdure, d'où l'on jouissait d'une belle
vue, d'une douce température et d'un bienfaisant
bon air. L'on y était à la fois aux champs et à la
ville; c'était, en un mot, le paradis des Parisiens.
Aussi combien est nombreuse la liste des hommes
de marque qui ont habité ce riant séjour.

Avant de parler d'eux, il nous faut aborder un
sujet moins relevé et constater que notre sous-sol
fut longtemps exploité pour la construction de la
capitale. Les beaux domaines qui se suivaient tout le
long du fleuve — des Bonshommes au Point-du-Jour
— préservèrent heureusement contre les fouilles
cette partie de notre site; peut-être aussi fut-elle dé-
fendue par les infiltrations qu'on y rencontrait, entre
autres celles des eaux minérales de Passy et d'Auteuil, qui vont nous fournir un paragraphe spécial.

Les extractions de pierre meulière se poursui-
virent, surtout à la montagne de Chaillot et à ses
alentours, sur le plateau de Passy, et valurent aux
cultivateurs d'alors un ennui inattendu : les lapins
se multiplièrent tellement dans ces refuges souterrains que ces rongeurs étaient devenus une calamité
pour les vignerons et les maraîchers du voisinage ;
on dut ordonnancer contre eux, malgré l'ouverture
de nombreuses guinguettes où les citadins venaient
manger des gibelottes monstres.

Cette particularité augmenta encore la réputation
hospitalière de nos habitants, qui finirent à la longue
par s'en plaindre, car il nous est resté un vaudeville
de Désaugiers où il montre nos grands-parents, dé-
bordés par les visiteurs, réduits à se cacher le
dimanche.

Peut-être est-ce à partir de ce moment-là qu'on
ne les appela plus les « Calins », malgré la douceur
persistante de leurs mœurs. Il est vrai que ces
réputations viennent et s'en vont on ne sait trop
pourquoi. Ainsi les dames de Chaillot eurent un
moment — il y a longtemps de cela — une réputation qu'il est inutile de préciser, d'autant plus qu'elle
n'était sans doute pas plus méritée que celle de naïfs
qu'on voulut bien faire à leurs maris.

Au xviii⁰ siècle, les Chaillotins partageaient cette
réputation de simplicité avec les gens de Gonesse.
L'on joua même sur le théâtre de Nicolet, le petit

théâtre de nos pères dont la grande renommée est restée proverbiale, une pièce intitulée *les Ahuris de Chaillot*; mais cela ne tire pas à conséquence puisqu'aujourd'hui c'est Pontoise, Landerneau, Carpentras et Brives-la-Gaillarde qui se sont partagé la succession de Chaillot et de Gonesse sans qu'on sache pourquoi. Faut-il voir dans ce souvenir d'antan l'explication du cri moderne qui a eu un moment de vogue : « A Chaillot, les gêneurs! »

---

## PASSY ET CHAILLOT SOUTERRAINS

Tout le sous-sol du XVI<sup>e</sup> arrondissement est formé d'un banc de pierre meulière d'une qualité médiocre. Il n'en a pas moins été utilisé, par sa proximité, pour les constructions de Paris.

Au XVII<sup>e</sup> et au XVIII<sup>e</sup> siècle surtout, c'est nous qui fournîmes toute la pierre à bâtir pour la capitale de la rive droite. En 1812, heureusement, lorsqu'il fut question de construire le palais du Roi de Rome, ces exploitations furent interdites, sans cela Passy et Chaillot seraient réduits à l'heure qu'il est à l'état d'écumoire. Nous comptons tout de même dans notre sous-sol six kilomètres de couloirs et galeries. Beaucoup de nos immeubles se servent comme caves d'anciennes carrières; beaucoup d'au-

tres, par contre, ont eu besoin d'être étayés. Ce qui
oblige nos architectes à prendre pour leurs grandes
constructions actuelles des précautions sérieuses. Le
palais du Trocadéro, par exemple, est construit sur
un terrain creux qu'il a fallu rebâtir, on peut dire,
pour supporter ce poids considérable. Longtemps
aussi les tuiliers trouvèrent à utiliser certaines par-
ties de notre sol de nature argileuse. On en trouve
la trace dans l'ancien château de la Tuilerie, devenu
la maison des Dames de l'Assomption.

---

## LES EAUX MINÉRALES D'AUTEUIL

« Dès le milieu du III<sup>e</sup> siècle, dit M. de Ménorval,
un aqueduc conduisait les sources d'Auteuil à
quelque grand établissement thermal situé dans le
profond déblai qu'occupe aujourd'hui le jardin du
Palais-Royal, au-dessous des rues de Richelieu,
des Petits-Champs et des Bons-Enfants. »

En effet, on a retrouvé le long du Cours-la-Reine
des débris de conduites de poterie qui devaient
dater de l'époque romaine. On sait que les Romains
recherchaient et savaient capter avec beaucoup
d'habileté les eaux minérales; il est donc vraisem-
blable qu'ils découvrirent et utilisèrent la nappe
ferrugineuse qui existe sous Auteuil, où on la voit

sourdre encore dans la villa Montmorency, l'ancien
parc des Boufflers. Sans doute cette eau minérale
dut être utilisée dans le temps par les Genovéfains.
Une source en est même à l'heure actuelle exploitée
commercialement, comme apéritive, tonique et
reconstituante, entre Passy et Auteuil, rue de la
Cure, non loin de la rue de la Source — noms qui
indiquent bien qu'il y a eu là un centre thermal
fréquenté. L'on a d'ailleurs constaté l'identité de sa
composition avec celle de la villa Montmorency,
distante d'un kilomètre.

Signalons une autre source d'Auteuil, non minérale, qui eut une grande réputation pendant assez
longtemps. La rue de La Fontaine lui doit son nom,
bien que le bon fabuliste ait hérité aujourd'hui
de cet honneur, qu'il méritait du reste. Cette fontaine donnait une eau si pure qu'on venait en
chercher de fort loin, et lorsque les rois Louis XV
et Louis XVI séjournaient à la Muette ils n'en vou-
laient pas boire d'autre. M. Antoine Guillois nous
disait que le chemin « de la fontaine » figure dans
des documents du xvi<sup>e</sup> siècle.

## LES EAUX MINÉRALES DE PASSY

Les eaux de Passy, sur lesquelles nous possédons des documents beaucoup plus détaillés, sont différentes de celles d'Auteuil. Elles n'ont été connues que beaucoup plus tard, mais elles jouirent très vite d'une grande renommée. On les retrouve, telles qu'elles existaient alors, dans la propriété Delessert, magnifique domaine d'une étendue de plus de vingt hectares qui s'élève des bords de la Seine au haut de la côte, rue Raynouard. Ce domaine donne une idée de ceux dont nous parlions plus haut et qui se succédaient le long du fleuve. Le parc de Sainte-Périne en est également un spécimen.

La propriété appartient aux Delessert depuis plus de cent cinquante ans, et l'on y voit encore jaillir cinq sources d'eau minérale, avec toutes les dispositions réservées aux baigneurs qui venaient autrefois prendre les eaux de Passy.

Saisissons cette occasion pour parler d'une de nos plus anciennes familles bourgeoises. Au commencement de ce siècle, les Delessert tinrent un rôle important. Ils étaient trois frères. Le plus connu fut Benjamin, le grand industriel philanthrope, lequel installa à côté de sa demeure privée, sur l'emplacement de l'ancienne abbaye des Bonshommes, la première raffinerie de sucre de betterave qui ait

existé. Napoléon I^er vint la visiter et nomma son
fondateur baron et chevalier de la Légion d'honneur, distinction rare alors pour un civil. C'est
que l'entreprise nouvelle représentait une innovation d'une importance capitale, puisqu'elle allait
permettre à la France de se passer du sucre des
colonies dont elle était privée depuis le blocus
continental. Une raffinerie Périer — encore un
nom bien connu parmi nous et dont nous allons
avoir à reparler — fut établie également non loin
de là. Ces deux entreprises donnèrent assez longtemps à Passy une importance industrielle considérable. C'est aussi Benjamin Delessert qui fut
l'organisateur des caisses d'épargne et c'est lui qui
fit établir en France le premier pont suspendu.
Ce pont en fil de fer communiquait de sa demeure
privée à sa raffinerie, au-dessus des grandes excavations que l'on voit au bas du boulevard Delessert actuel. Il n'a été démoli que depuis une quarantaine d'années et il en reste un dessin très
pittoresque, ayant pour pendant le chalet authentique que Benjamin Delessert fit venir de Suisse,
tout démonté, et que l'on peut visiter encore dans
le parc.

Nous avons dit qu'il y avait trois frères : Benjamin, dont nous venons de parler ; François,
un banquier réputé, et Gabriel, préfet de police
bien connu. Leurs trois hôtels contigus apparten-

nent à leurs descendants. On retrouve aussi dans la
propriété des terrasses qui pourraient bien avoir été
des substructions d'un bâtiment dépendant de l'abbaye des Bonshommes, car on y a rencontré des
débris d'un caractère religieux, mais, d'autre part,
on assure que ce furent les sous-sols d'un hôtel
construit en cet endroit par le célèbre Lauzun, à la
fin du xviiᵉ siècle. Il y a lieu de signaler en outre
une sortie sur une ruelle qu'on appelle le passage
des Eaux, qui est bien une des choses les plus
curieuses de notre vieux temps. Ce passage — un
escalier dans sa plus grande partie — servait de
communication entre Passy le Haut et la Seine; il
existe encore tel quel, avec ses quinquets de l'époque.
Un romancier populaire, M. de Montépin, par
exemple — un vieil habitant de notre arrondissement, — pourrait s'en servir dans quelque dramatique récit, avec d'autant d'à-propos qu'on y ren-
contre l'entrée pleine de mystères d'une grotte
profonde, ancienne carrière, qui servit jadis d'entrepôt pour les vins, alors que les barrières d'octroi
s'arrêtaient au pont d'Iéna. Toutes les excavations
des environs étaient employées ainsi; elles étaient
même très réputées pour la conservation des liquides.
Voilà un côté de la vie commerciale de Passy que
l'annexion à Paris a fait disparaître avec les indus-
tries voisines. Cette immense caverne du passage
des Eaux constitue une autre bizarrerie à noter.

M. Benjamin Delessert, étant devenu propriétaire
de tous les environs, la voulut acheter, mais le
négociant qui en avait fait son entrepôt en demanda
si cher que les choses restèrent en l'état, et cette
partie de notre territoire continua à avoir deux
propriétaires : celui du sol et celui du sous-sol. Il
est vrai que la grotte-magasin n'est plus utilisée
depuis longtemps et n'a plus aucune valeur.

Tous ces détails nous ont entraîné bien loin ;
revenons bien vite à la station thermale de Passy
et au public qui la fréquentait.

Une première source minérale fut mise en exploi-
tation en 1658, l'année où les époux de Chahu
acquirent notre seigneurie, par un médecin nommé
Le Givre, qui en recommnada l'usage comme ferrugineuse et laxative. Bientôt après, les Barnabites
étant venus administrer la paroisse, constatèrent
dans leur journal que le bon air de Passy et ses
eaux minérales attiraient beaucoup de Parisiens.
Les malheurs de la fin du règne de Louis XIV vinrent interrompre ce début prospère lorsqu'en 1719,
l'ex-aumônier de Mme de Maintenon, qui avait pris
sa retraite à Passy, l'abbé Le Ragois, découvrit une
nouvelle source. Il la fit analyser par la Faculté de
médecine de Paris, qui la déclara ferrugineuse, sul-
fureuse et balsamique. Du coup, la fortune de l'abbé
fut faite, et, avec la concurrence, il y eut plusieurs
sources d'exploitées. Le bon air et la mode s'en

mêlant aussi, il fut déclaré que ces eaux guérissaient de tous les maux, même de la stérilité.

Néel de Rouen, dans son *Voyage à Saint-Cloud par mer et par terre*, dit à propos des deux sources de Passy : « Bien des familles sont redevables à ces deux endroits de leur origine et de leur postérité; on y vient de fort loin pour recouvrer la santé, et il y a pendant toute la belle saison une compagnie choisie ».

Les chansonniers s'emparèrent du sujet et, en 1736, le célèbre Panard lançait le couplet suivant dans une pièce intitulé *les Fêtes galantes* :

De Bourbon l'on m'écrit
Qu'une jeune malade,
Après avoir sans fruit
Sablé mainte rasade,
Par le secours de Cupidon
Avait trouvé sa guérison.
Ceci n'est point une merveille :
A Passy, se dit-on,
On voit chose pareille,
Et zon, zon, zon.

Vers cette époque, on nomma un directeur des principales eaux minérales de Passy — on comptait alors cinq sources, deux anciennes et trois nouvelles, — et l'on choisit un homme jeune, actif, zélé, du nom de Le Viellard, qui joua plus tard chez nous un certain rôle. Il fut notre premier maire en 1790.

J.-J. Rousseau vint prendre nos eaux en 1750;
il fut l'hôte de la famille Delessert et habita en ami
un petit pavillon situé sur la route royale, près de
la Seine. C'est alors qu'il composa *le Devin du village* avec sa méthode chiffrée qui devait, d'après
lui, révolutionner la musique. Dans ses *Confessions*,
il écrit : « Le matin, en me promenant et prenant
ces eaux, je fis quelques manières de vers très à la
hâte et j'y adaptai des chants qui me vinrent. Je
barbouillai le tout dans une espèce de salon voûté
qui était en haut du jardin. Les trois morceaux que
j'avais esquissés étaient le premier monologue : *J'ai
perdu mon serviteur*, l'air du *Devin* : *L'amour croît
qu'il s'inquiète*, et le dernier sur : *A jamais Colin je
t'engage*, etc. »

Or, ce salon voûté dont parle Rousseau, on peut
encore le voir sous les beaux ombrages du parc.
L'entrée des bains se retrouve au n° 28 du quai de
Passy, d'où une longue avenue conduit aux sources,
qui sont à mi-côte.

En 1764, un homme de lettres du nom de Naquet
fit représenter une comédie intitulée *les Eaux de
Passy ou les coquettes à la mode*, et M. Léopold Mar,
dont il faut rappeler le nom à propos de toutes ces
trouvailles, en cite divers extraits qui sont un
tableau curieux et vécu de notre station balnéaire
au siècle dernier.

On y voit un baigneur, un marquis, s'il vous plaît,

tenant le beau rôle dans la pièce et s'entendant dire
par son laquais Pasquin :

« Voilà un habit trop riche, monsieur, pour demeurer dans un village ».

Le marquis : « Qu'appelles-tu village? le beau
monde est ici mieux paré qu'à la ville! Tu ne sais
donc pas que la plus grande partie des personnes
qui viennent ici sous le prétexte de prendre les
eaux, sont celles qui en consomment le moins. On
n'y vient guère que pour se divertir. Au lieu des
eaux, on y boit les meilleurs vins, et on y fait
grande chère.... Les médecins sont aujourd'hui les
meilleures gens du monde, ils traitent les malades
en se divertissant avec eux et les font mourir gaie-
ment. Cette maison est la guinguette de la Faculté. »

Mme Rubis : « Il y a de quoi s'amuser dans cette
maison, elle triomphe des deux autres [1] ; nous y
aurons toutes sortes de divertissements. Je n'ai
jamais vu de personnes d'aussi bonne humeur que
celles qui y sont rassemblées, elles ne songent
qu'au plaisir. Il se forme assez souvent des bals,
toutes les nuits on n'entend que des instruments,
c'est une sérénade d'un côté, un banquet de l'autre :
ce séjour est délicieux. Le Dr Vaporet, attaché à
cette maison, est un homme charmant, poète et
musicien. C'est le médecin le plus agréable et le

1. Allusion à deux autres sources concurrentes.

plus commode; il ne prescrit aucun régime. Son attachement pour les eaux est inconcevable, il les ordonne pour toutes sortes de maladies. »

La description, on le voit, est séduisante. Mais ce n'est pas seulement dans les pièces de comédie qu'on se mit à célébrer les eaux de Passy, il en fut question dans des opéras-comiques et dans des romans. Leur réputation était si bien établie que lorsque l'Américain Franklin, l'inventeur du paratonnerre, vint demander secours à la France au nom de ses compatriotes révoltés contre l'Angleterre, il s'installa à Passy-les-Eaux. C'est un nom dont on se servait souvent. Il y fut tellement choyé qu'en partant il emmena avec lui notre syndic, M. Le Viellard. Lorsque Franklin revint comme ambassadeur des États-Unis affranchis, son ami rentra avec lui, en quoi il eut tort, car il eut la malchance d'être guillotiné en 1793.

Pendant la tourmente révolutionnaire, les eaux de notre région, fréquentées par d'anciens habitués, eurent la réputation, surtout celles d'Auteuil, d'être un rendez-vous de conspirateurs. On y vit les collets noirs et les collets verts des muscadins. Ce n'était qu'une dernière lueur, l'élan n'y était plus. Il y eut un regain sous l'Empire; ce fut passager. Les eaux de Passy petit à petit perdirent leur clientèle; elles sont aujourd'hui inconnues et ne guérissent plus. Elles sont si près de Paris! A peine

si quelques vieux habitants fidèles envoient parfois demander qu'on emplisse une bouteille à leur
ancienne fontaine de Jouvence, à ces antiques
sources toujours jaillissantes qui s'écoulent inutili-
sées sous des ombrages silencieux. On n'en éprouve
pas moins un grand charme en allant chercher
dans ces allées tranquilles des souvenirs de la vie
d'autrefois.

## MOYENS DE LOCOMOTION

Ici, nous en finissons avec les sources d'Auteuil
et de Passy. Nous venons de voir comment on fréquentait nos parages, disons en quelques mots comment on y venait.

On a vu quelle était l'active circulation sur la
route du bord de l'eau et le grand mouvement des
bateaux sur la Seine. M. de Ménorval, dans son
troisième et dernier volume paru de *Paris depuis
ses origines*, nous fournit un document assez curieux
à ce sujet :

« Le 24 août 1588, rapporte-t-il, pour fêter digne-
ment l'anniversaire de la Saint-Barthélemy, huit
ligueurs et ligueuses s'embarquèrent sur la galiote,
à Passy; on les vit débarquer au bas de Saint-Cloud,
gravir la côte et, arrivés devant l'église, s'étendre

à terre afin de racler le sol de leur langue sur le
lieu du supplice et de rapporter avec eux quelques
parcelles des cendres du saint martyr. A leur retour,
la Seine, subitement agitée, se souleva, envahit la
barque, « et tous furent noyés près du couvent des
Bonshommes », sans que les reliques qu'ils rap-
portaient de leur saint aient eu la vertu de les
sauver du naufrage. »

Ce qui établit qu'à cette vilaine époque une galiote
faisait un service public à Passy.

Le fleuve, en effet, fut la voie la plus appréciée
dans ces temps troublés, alors que les routes
n'étaient pas très sûres. On y vit aussi passer au
xviie siècle des flottilles somptueuses, alors que nos
rois donnaient de magnifiques fêtes vénitiennes
devant le château neuf de Saint-Germain. Toutefois,
lorsque les modestes bourgeois et les lettrés peu
fortunés en vinrent à fréquenter nos eaux minérales, les moyens publics de locomotion ne leur
furent pas commodes pendant longtemps. Il y avait
bien un coche d'eau faisant le long trajet du pont
Royal au pont de Sèvres avec arrêt à Passy et à
Auteuil, mais il ne fonctionnait que pendant la belle
saison, de Pâques à la Toussaint. Il ne coûtait que
cinq sols ; c'est lui que nous avons vu utiliser
par Molière et Chapelle. Il y eut ensuite la voiture
publique de Paris à Saint-Cloud, qui traversait le
Bois de Boulogne et prenait des voyageurs pour

Passy, mais tout cela resta bien rudimentaire. En somme le trajet n'était facile que pour les propriétaires de voitures. L'abbé Prévost, lorsqu'il envoyait son chevalier des Grieux à Chaillot, lui faisait prendre un carrosse de place à Paris ; cet état de choses insuffisant subsista jusqu'au commencement de ce siècle.

Maintenant, avant de terminer notre seconde partie, rappelons quelques événements qui méritent de prendre date dans nos annales et qui, pour la plupart, furent provoqués par la création, à Passy, d'un charmant lieu de rendez-vous où le public se portait en foule, nous voulons parler du Ranelagh.

## LE RANELAGH

Cette belle pelouse ombragée d'arbres magnifiques avait longtemps servi pour les fêtes de la population. L'on y venait danser en plein air et J.-J. Rousseau nous raconte que La Pouplinière y jetait de l'argent aux paysans qui se ruaient pour le ramasser. Ayant assisté à une de ces scènes, le philosophe humilié s'éloigna, puis voyant une pauvre femme avec un panier de pommes, il le lui acheta et le distribua tranquillement à des enfants qui furent ravis, ce qui suggéra à Jean-Jacques cette réflexion

7

c'est qu'avec ses six sous il avait fait plus de vrais heureux que La Pouplinière avec ses prodigalités malsaines.

Lorsque Marie-Antoinette, encore dauphine, séjournait à la Muette, nous avons dit que les dames de la cour ne dédaignaient pas d'organiser des bals champêtres en plein air. Un sieur Morisan sollicita alors du maréchal de Soubise, gouverneur du château, dont dépendait la pelouse, de créer un salon de danse. Y ayant été autorisé, il donna à son établissement le nom de Ranelagh — encore une réminiscence anglaise. L'entrée en coûtait vingt-quatre sous. Marie-Antoinette en assura le succès en assistant à l'inauguration qui eut lieu en juillet 1774. A la salle de bal on adjoignit bientôt une petite salle de spectacle. La vogue du Ranelagh compléta celle des eaux de Passy.

La Révolution vint y mettre un terme. En 1790, le jour de la Fédération, la ville de Paris donna un banquet de 25,000 couverts dans les jardins de la Muette; le roi et sa famille y vinrent, ce fut leur dernière visite au château. Le goût n'était plus à la danse. La salle du Ranelagh elle-même ne servit plus qu'à des agapes patriotiques. On y vit Camille Desmoulins, Danton, Robespierre, même Marat. Éphémères baisers Lamourette, avec 93 s'enfuirent les fraternisations sentimentales. Enfin, les muscadins, après le 9 thermidor, ayant fait du Ranelagh leur lieu de rendez-vous et provoqué des désordres, l'établissement fut fermé par ordre.

Trenitz, le célèbre danseur, le rouvrit un peu plus tard et le remit à la mode en y créant les figures des contredanses nouvelles. On y vit Mmes Tallien, Récamier et de Beauharnais, les trois Grâces du Directoire. Barras y trônait. Puis vint le Consulat : Lucien Bonaparte s'y montra et Jérôme aussi, surtout Jérôme, qui plus tard, lorsqu'il fut roi, voulut faire un ministre du toujours triomphant Trenitz. Cet inventeur d'entrechats, pourvu d'un portefeuille en Westphalie, cela eût été nouveau! Il fallut l'intervention de l'empereur pour couper court à cette fantaisie. C'est du moins Quillet, notre chroniqueur local, qui raconte cette invraisemblance et nous ne nous en portons pas garant.

En 1818, un ouragan ayant démoli la salle de bal, on la reconstruisit. Elle fut mal fréquentée. En 1826, le roi en ordonna la fermeture, mais les habitants de Passy protestèrent, Charles X céda. Toutefois les jours élégants du Ranelagh étaient passés, on n'y voyait plus sous Louis-Philippe que des lorettes. On finit par démolir les bâtiments — qui comprenaient encore en 1837 une salle de spectacle et une salle de musique. Le maire M. Possoz put rendre enfin aux enfants de Passy la jouissance de leur belle pelouse [1].

1. A l'occasion de la clôture de notre fameux bal qui fit si longtemps les délices des Parisiennes, n'est-il pas d'à

Nous avons assisté à la dernière visite de Louis XVI à la Muette, la demeure qu'il aimait tant, avant qu'elle change de destination racontons deux ou trois faits divers qui se rattachent à l'histoire de ce château royal.

---

## UN FUSIL A RÉPÉTITION

Dans les musées militaires, on retrouve des armes à feu de toutes sortes de systèmes, même des arquebuses à répétition. Il se fit à la Muette un essai dans ce genre qui mérite d'être rappelé. Un écuyer du roi Louis XV écrivait, à la date du 25 mai 1722, les lignes suivantes, citées par le *Bulletin historique* :

« *Lundi, 25 mai.* — Un nommé Deschamps, natif de Dieppe, et qui avait été autrefois soldat dans le régiment du roy, lui fut présenté à la Meute (la Muette). Il est actuellement directeur des manufactures de Saint-Étienne. Il montra à Sa Majesté un

propos de mentionner un petit détail assez curieux qu'un journal rappelait ces temps derniers. La censure théâtrale telle qu'elle fonctionne aujourd'hui aurait été établie à la suite d'une comédie de Boivin jouée en 1702 et intitulée *le Bal d'Auteuil*. Le vieux Louis XIV, inspiré peut-être par notre vieille connaissance Le Ragois, l'aumônier de Mme de Maintenon, chargea le marquis de Gesvres de réprimander les comédiens pour avoir représenté une pièce trop libre. Depuis lors toutes les œuvres de théâtre durent être censurées préalablement.

fusil qu'il promettait de faire tirer quarante coups
en un quart d'heure, et de fait il en fit l'épreuve;
en cinq minutes de temps il tira vingt coups. Il ne
faisait que secouer son fusil, après avoir jeté la
balle dedans, et avait sous la main gauche une
avance de bois, pour empêcher que le canon ne
brûlât la main. »

Cette invention fut probablement considérée par
le Régent comme un joujou, car le roi Louis XV en
1722 était encore en tutelle, et peut-être est-ce avec
ce fusil à répétition que l'aimable enfant exerça
son adresse sur sa biche blanche, exploit que nous
avons raconté plus haut.

---

## LES LENTILLES ARDENTES

Le *Bulletin* reproduit aussi le récit d'une expérience fort curieuse faite au siècle dernier au
château de la Muette. Buffon y aurait essayé la
curieuse invention des miroirs d'Archimède, laquelle
depuis le siège de Syracuse n'a jamais pu être utilisée pratiquement. Notre grand naturaliste se servit
de lentilles de verre pour mettre le feu à des objets
à distance au moyen du rayon solaire. Buffon était
donc aussi, à l'occasion, un physicien. Mais la tentative n'alla pas plus loin. De nos jours on a voulu
utiliser ce système en Afrique pour cuire la soupe

de nos troupiers. Archimède n'en est pas moins resté intangible.

N'est-ce pas là un fait un peu humiliant pour notre science moderne, quoique l'histoire des vaisseaux romains réduits en cendres soit moins bien établie que celle du feu grégeois, dont la composition n'a pu être retrouvée, après avoir été employée pendant des siècles par les Byzantins? Il faut reconnaître cependant qu'en fait de machines incendiaires nos pyrotechniciens socialistes se sont largement rattrapés depuis.

## LE PREMIER VOYAGE AÉRIEN

La Muette a également attaché son nom à une découverte scientifique d'un intérêt toujours palpitant d'actualité. C'est là que fut opérée la première ascension en ballon. Le roi Louis XVI, la reine, la cour, Franklin, qui habitait alors Passy, assistaient à cet événement mémorable.

Les frères Montgolfier venaient d'inventer ce qu'on appela à ce moment les montgolfières. On sait que Pilatre de Rosier, physicien expérimenté, et son ami le marquis d'Arlande, osèrent les premiers confier leur vie à une simple sphère de toile gonflée de fumée. L'expérience eut lieu le 21 octobre 1783 et réussit, bien que ce ballon rudimentaire n'eût pour assurer sa force ascensionnelle qu'un simple feu de paille. Les audacieux aéronautes s'élevèrent à une hauteur d'environ 1 000 mètres. Ils restèrent un quart d'heure en l'air et purent heureusement atterrir à l'autre bout de Paris, à la Butte-aux-Cailles. Ils avaient parcouru environ deux lieues aux yeux de Paris ébahi.

Pilatre, nouvel Icare, paya son audace de sa vie en voulant ensuite traverser la Manche. Aujourd'hui, nous voyons Andrée affronter le pôle Nord et ses mystères glacés avec un ballon perfectionné. Que d'efforts accumulés depuis cent ans pour conquérir les airs !

## LES PREMIÈRES COURSES DE CHEVAUX

Encore une innovation qui se rattache à la Muette.

Le *Figaro*, il y a quelques mois, publiait les lignes suivantes :

« On ne lira pas sans intérêt ce curieux extrait d'un vieux journal de Dubuisson-Aubenay.

« Les historiens datent les premières courses de chevaux en France de la fin du siècle dernier. Elles avaient lieu alors dans la plaine des Sablons, à Neuilly, ou à Fontainebleau ou à Vincennes. Or, Dubuisson-Aubenay écrivait le 15 mai 1651, dans son journal :

« Ce jour après dîner, il y a eu prix et gage de
mille écus pour course de chevaux au Bois de
Boulogne entre le prince de Harcourt et le duc de
Joyeuse sur chacun un cheval nourri au village de
Boulogne.... Ils ont poussé leur course de la barrière de la Muette et poussant sur le grand chemin
droit vers Saint-Cloud. Tournant sur la droite, au
dedans de l'enclos, par la grande route qui revient
au château de Madrid, ont été également et sans
avantage. Mais au tournant de Madrid, le Plessis
(qui courait pour le duc de Joyeuse) prit le devant
et, arrivant cent pas devant l'autre à la barrière de
la Muette, gagna le prix. Force gens de la cour y
étaient.

« Ainsi les premières courses françaises de chevaux remontent non à l'année 1776, date de celle
des Sablons, mais à plus d'un siècle en arrière. »

Complétons le récit du journal en ajoutant que
le prince d'Harcourt fit la course « vêtu d'un habit
« fait exprès et très étroit, un bonnet en tête juste
« et ses cheveux dedans, ayant trois livres de plomb
« en sa poche ». Ce qui veut dire tout bonnement
que le prince portait un costume de jockey.

## BAGATELLE

Après avoir tant parlé de la Muette et de tous ses souvenirs princiers, ce serait une lacune de ne pas dire un mot du château voisin de « Bagatelle », encore à l'heure actuelle un des plus jolis ornements du bois de Boulogne.

Ce fut d'abord une petite retraite de grand seigneur appartenant au maréchal d'Estrées. Mlle de Charolais, la petite-fille du grand Condé, la posséda ensuite; elle s'y fit peindre en costume de franciscain, ce qui fournit à Voltaire l'occasion de faire le quatrain suivant :

> Frère Ange de Charolais,
> Dis-nous par quelle aventure
> Le cordon de saint François
> Sert à Vénus de ceinture?...

Cela nous donne le ton de la maison.

Bagatelle étant devenu par héritage la propriété de Louis XVI, ce dernier en fit don à son frère le comte d'Artois, qui bouleversa tout et en soixante-quatre jours fit construire l'élégant petit pavillon à rotonde que l'on connaît, aménagea le parc à l'anglaise, avec différents points de vue pittoresques, et installa le petit château d'eau qui alimente encore les jardins avec les eaux de la Seine. Le domaine ainsi transformé, comme par magie, reçut le surnom de « Folie d'Artois ».

Devenu propriété nationale, des entrepreneurs de fêtes champêtres s'en rendirent locataires et sous le Directoire Mmes de Beauharnais et Tallien y vinrent briller. C'était plus discret que le Ranelagh. A la Restauration le comte d'Artois rentra en possession de son ancienne Folie, qu'il appela « Babiole ». Devenu roi il en fit cadeau à son fils le duc de Berry. Après l'assassinat de ce prince et la fuite de Charles X, le château abandonné trouva difficilement acheteur, en 1835, pour le prix de 313,000 francs. Ce fut lord Yarmouth, plus tard lord Hertford, un richissime seigneur anglais, qui s'y fixa; il y vécut en misanthrope et y mourut en 1870. « Bagatelle » — le premier titre avait subsisté — passa par héritage à sir Richard Wallace dont la réputation survivra longtemps chez les Parisiens par les petites fontaines qui portent son nom.

## L'ÉLÉPHANT TRIOMPHAL

Pour clôturer cette série de faits locaux d'une façon gaie, nous consacrerons quelques lignes à un projet de monument fort cocasse dont nous avons trouvé le dessin dans le *Magasin pittoresque*.

En 1758, un ingénieur du nom de Ribaut proposa d'élever un « Eléphant » à la gloire du roi Louis XV à l'endroit où se dresse aujourd'hui l'arc de triomphe de l'Étoile. Voici comment l'auteur formula sa proposition.

« J'ai composé ce monument, disait-il, pour être placé sur une montagne en face d'un des palais du roi et en terminer agréablement la vue (par exemple au milieu des Champs-Élysées, sur cette montagne qui termine la vue des Thuilleries, en élargissant pour cela la plateforme de l'Étoile).

« La forme extérieure de ce kiosque représente un éléphant au retour d'une conquête, richement harnaché, chargé de dépouilles de nos ennemis et portant une espèce de tour antique ou piédestal dominé par la figure de Sa Majesté. »

Et en effet, on voyait au sommet d'une tour perchée sur le dos de l'animal, le roi Louis XV entouré de dépouilles opimes, attributs qui convenaient bien peu à ce monarque. Il faut avouer que notre ingénieur avait mal choisi son sujet.

Une partie de ce plan, mieux appropriée cependant, c'était l'intérieur du colossal pachyderme — car il était gigantesque. Il contenait une salle de fêtes, un restaurant, un orchestre logé dans la tête; la trompe lançait un jet d'eau; en un mot c'était une convenable installation pour cabinets particuliers. Le tout reposait sur une terrasse à galeries dans

laquelle se trouvait l'escalier qui conduisait dans le
triomphal éléphant.

L'histoire ne dit pas l'accueil qui fut fait au projet
de Ribaut, mais tout ridicule qu'il était il ne fut pas
complètement oublié puisqu'un essai du même
genre fut tenté ce siècle-ci sur la place de la Bastille.
Ce fut la colonne de Juillet qui le supplanta. L'auteur
de ces lignes se rappelle encore le modèle en plâtre
qui en avait été dressé et finit par tomber en pous-
sière le long du canal Saint-Martin. Cet éléphant-là
heureusement, quoiqu'il n'eût aucun ornement sup-
plémentaire, ne séduisit pas plus que l'autre. Paris
dut se contenter de celui du jardin des Plantes.

Nous arrêtons ici cette série de menus faits pour
aborder enfin le dernier et le plus honorable chapitre de nos annales.

# TROISIÈME PARTIE

---

## NOTRE PALMARÈS

Il suffit de se promener dans notre arrondissement et de relever les inscriptions des coins de nos
rues pour avoir un véritable Gotha d'écrivains,
philosophes, poètes et artistes célèbres, un vrai
dessus de panier intellectuel. Ce n'est pas, dans la
plupart des cas, un simple hommage rendu par
Paris reconnaissant à des hommes connus, c'est
mieux que cela, pour Auteuil et Passy surtout, c'est
un souvenir filial accordé à tant d'esprits supérieurs
qui ont trouvé chez nous la sérénité de la pensée
et le calme de l'existence quotidienne. Ces noms
nous sont donc doublement chers, premièrement
parce qu'ils ont le droit de figurer au livre d'or du
génie humain et ensuite parce que ceux qui les ont
portés et illustrés nous appartiennent un peu indi-

viduellement, ayant respiré de notre air, joui de nos
ombrages, vécu de notre vie locale. Pour rappeler
ce qu'ils ont été, il va suffire de les nommer. Leurs
œuvres parlant assez haut pour eux, nous y join-
drons simplement, pour rendre cette nomenclature
un peu moins aride, quelques détails intimes, de
famille pourrions-nous dire. Ne furent-ils pas des
nôtres?

Dans ce palmarès glorieux, en grande partie cité
par le *Bulletin historique*, on trouvera les noms
groupés par quartier. Chaillot y tient sa place, mais
Auteuil et Passy y brillent d'un éclat incomparable :
Auteuil se plaçant au premier rang dès le xvii⁰ siècle,
Passy gagnant du terrain au xviii⁰ pour arriver en
tête au xix⁰, jusqu'au moment où les habitants de
nos localités réunies par l'annexion n'ont plus formé
qu'une unique et fraternelle association.

Nous nous sommes arrêtés, pour les événements,
au commencement de ce siècle — ce qui a permis
de les voir sous leur véritable aspect et d'en
accepter la philosophie; mais pour nos grands
hommes il était nécessaire, afin d'être suffisamment
complet, d'en citer certains de notre temps, ceux
du moins qui sont morts et que nous honorons à
l'égal des anciens puisqu'ils sont entrés dans la
postérité. C'est ce que nous avons fait.

## DIX-SEPTIÈME SIÈCLE

Auteuil prend de prime abord, au XVIIe siècle, une importance qui s'impose avec un groupe de célébrités hors ligne. Ce sont : Boileau, Racine, Molière, qui vinrent à peu près vers la même époque chercher un séjour de repos à Auteuil. On y peut joindre La Fontaine, bien qu'il n'y fût que leur commensal intime.

Nous y trouvons Molière installé en 1667. On n'est pas tout à fait d'accord sur l'emplacement précis de la maison qu'il habita, bien qu'au n° 2 de la Grande Rue d'Auteuil on puisse lire ces mots sur une plaque :

Molière.

> Ici s'élevait
> une maison de campagne
> habitée par Molière
> vers 1667.

Dans tous les cas, si ce n'est là, ce n'est pas bien loin que Molière recevait ses nombreux amis,

et, parmi les anecdotes que l'on raconte à son
sujet, il en est une de classique, on peut dire,
puisqu'elle a été mise à la scène par Andrieux, qui
l'a sans doute enjolivée. La pièce est intitulée *le
Souper d'Auteuil*. Nous en reproduisons le canevas
d'après M. Gustave Gobé, dont le récit résume très
bien la physionomie du séjour de Molière à Auteuil :

« Molière, à l'âge de quarante ans, dit M. Gobé,
était arrivé au faîte de l'art et, ce semble, de la
gloire. Protégé, recherché des grands et affectionné
du roi, riche à trente mille livres de revenus qu'il
dépensait libéralement, il était grand et somptueux
dans sa manière de vivre. Et pourtant il était peu
satisfait de sa position selon le monde. En dehors
de ses désaccords conjugaux, il souffrait de ne pas
obtenir de tous cette considération sérieuse, élevée,
dont il se sentait digne. Le comédien nuisait en lui
au poète : aussi était-ce au milieu des amis qu'il
réunissait dans sa maison d'Auteuil qu'il trouvait
un adoucissement à ses amertumes, l'oubli des
ennuis et des chagrins qui le poursuivaient. Les
hommes les plus distingués de cette grande époque
se rencontraient chez lui : Boileau, Racine, le
bonhomme La Fontaine, l'épicurien Chapelle, Lulli,
Mignard, et d'autres encore, célèbres à des titres
divers.

« Quelques intimes, parmi lesquels Chapelle et
Boileau, étaient venus souper à Auteuil, Molière

souffrait déjà de l'affection de poitrine qui abrégea
ses jours; sa santé délicate l'obligeait à ne plus
vivre que de lait et à se coucher de bonne heure;
il dut charger son ami Chapelle de le remplacer
auprès de ses convives et de leur faire les honneurs
de sa table. Mieux que tout autre, Chapelle était à
même de remplir cette mission : homme de plaisir
anacréontique et aux saillies bouffonnes, aimant la
bonne chère et le bon vin, il était heureux de
trouver l'occasion d'entraîner ses amis dans ses
excès. Grâce à lui, le repas devient bientôt d'une
folle gaîté, chacun déploie sa verve et son esprit,
le vin largement servi échauffe peu à peu les têtes,
tous les convives perdent la raison, tous, jusqu'au
sage Boileau lui-même. Mais voici que la conver-
sation, de plus en plus animée et bruyante, prend
un tour mélancolique. On se livre aux réflexions
les plus plaisamment sérieuses, on parle des misères
et des tristesses de la vie, de l'existence monotone
et livrée aux chagrins. Un des convives propose,
comme remède à ces ennuis, de dire adieu au
monde pour toujours. Chacun aussitôt d'applaudir
à cette belle idée, et l'on conclut sur le projet que
toute la compagnie aille se noyer dans la Seine.

« A ce moment, l'enthousiasme est à son comble,
le vacarme aussi. On quitte la table avec fracas,
et l'on va courir à la rivière, qui n'est pas loin de
là, lorsque Molière, réveillé, et qui s'est levé

au bruit, apparaît au milieu d'eux. Ils lui crient à
l'envi leur dessein et le pressent, en bons cama-
rades, de se joindre à eux sans plus tarder.

« — Oh ! bien volontiers, réplique Molière ; mais,
« doucement ! Ce n'est pas au milieu de la nuit que
« nous devons accomplir une action aussi mémo-
« rable. La calomnie dirait, à coup sûr, que nous
« avons agi non comme des sages, mais comme des
« gens ivres ou des désespérés. Non, non, croyez-
« moi, attendons le grand jour. Alors, en plein
« soleil, à la face du monde entier, nous irons tous
« ensemble nous jeter à l'eau.

« — C'est pardieu vrai, dit Chapelle, Molière a
« bien raison, il a plus d'esprit que nous. »

« La chose est remise au lendemain, et tant bien
que mal chacun gagne son lit.

« La nuit fut longue et bonne. Quand le jour
parut, les fumées du vin étaient dissipées. Nos gens
n'étaient pas sans éprouver même quelque honte
au souvenir de leur conduite de la veille. Molière
n'eut pas besoin de s'interposer de nouveau pour
empêcher ses amis d'aller finir leurs jours dans
la Seine. »

Voici une autre anecdote que nous a conservée
Chapelle, qui fut toujours le plus fidèle compagnon
du célèbre comédien : Les deux amis rentrant à
Auteuil par le coche d'eau s'y trouvèrent en compagnie d'un religieux d'aspect très réservé. La con-

versation étant tombée sur les théories de Descartes
et de Gassendi, Molière et Chapelle en désaccord
s'animèrent fort, prenant pour juge leur compagnon de route. Chacun d'eux, à tour de rôle, faisait
valoir ses arguments, et le moine leur répondait,
alternativement, par un hum! ou un hochement de
tête qui semblait dépeindre son indécision. Les deux
interlocuteurs redoublaient alors de raisons persua-
sives. Arrivés à l'escale de Passy, le silencieux
compagnon se leva, prit une besace de moine men-
diant et se retira sans souffler mot. C'était un Minime
des Bonshommes, absolument illettré, qui n'avait
rien compris à la transcendante discussion des deux
amis, et qui les laissa tout décontenancés. Molière se
contenta de dire à Chapelle : « Voyez ce que vaut
le silence, lorsqu'il est observé avec conduite ! »

L'auteur du *Misanthrope* conserva sa maison
d'Auteuil jusqu'à sa mort. On sait qu'il s'éteignit à
bout de forces en 1673.

Racine, lui, avait loué une maison presque vis-à-  **Racine.**
vis de celle de Molière et c'est là qu'il écrivit *les
Plaideurs*. Le voisinage du grand comédien inspira
peut-être au grand tragédien ce chef-d'œuvre de
gaîté et d'observation, la seule comédie qu'il ait faite.

Ce n'était pas cependant l'opinion du chancelier
d'Aguesseau, le célèbre jurisconsulte, qui habita
plus tard Auteuil, lui aussi, et prisait fort les tragé-

dies de Racine et pas du tout sa comédie. Le sujet des *Plaideurs* influa peut-être sur son opinion, bien que Racine l'eût puisé dans Aristophane.

Boileau.    Mais le vrai patriarche littéraire d'Auteuil à cette époque privilégiée, ce fut Boileau, qui vint s'y fixer vers 1685. Il y acheta une petite maison de 8 000 livres. Simple maisonnette à un étage, tapissée de vignes, elle resta de peu d'importance, quoique agrandie peu après des terrains d'alentour. Voltaire la visita plus tard et, très orgueilleux de son séjour des *Délices*, il écrivait qu'elle avait l'air d'un fort vilain petit cabaret borgne.

Cette maison, qu'on connaît bien, d'ailleurs, n'était ni belle ni laide, quoique mal tenue. Son jardin, dit l'abbé Legendre — un contemporain, — était également mal peigné, mais agréable; la chambre du poète était fort négligée, mais la salle à manger était assez bien aménagée.

Un vrai cénacle s'y réunissait, et le maître, pendant vingt ans, y vécut visité et choyé. On y vit — peu de temps il est vrai, car il allait mourir — l'inévitable Chapelle. Il y put rencontrer Racine et sa femme, Bourdaloue, Mme Deshoulières et beaucoup d'autres lettrés de moins grande importance, car Boileau tenait table ouverte, faisant sa partie de quilles régulièrement, envoyant en voisin ses fruits à Mme Racine pour en faire des confitures, et allant

le dimanche entendre sa messe chez les Bonshommes de Passy, grâce à un vieux carrosse qu'il
avait acheté. C'est là peut-être que certains détails
des derniers chapitres du *Lutrin*, faits beaucoup plus
tard que les premiers, lui furent inspirés. On peut
croire en effet que l'esprit satirique se développait
à Auteuil, puisqu'on y a vu naître en même temps
des comédies de Molière, *les Plaideurs* de Racine
et des satires de Boileau.

Ce dernier vendit sa campagne en 1709, partie
comptant, partie en rente viagère, qu'on ne lui
paya pas longtemps du reste, car il mourut deux
ans après.

La maison existe encore et la propriété est
devenue un vrai hameau. Elle a été divisée et
coupée de petites avenues qui portent les noms de
Despréaux, Corneille, Molière, Racine, Voltaire —
tout un Parnasse français.

Le XVIᵉ arrondissement a élevé au Ranelagh un **La Fontaine.**
beau monument à La Fontaine, c'est dire que le
grand fabuliste est des nôtres et que nous ne devons
pas le séparer de ses trois illustres amis. La Fontaine
n'eut pas de domicile particulier à Auteuil parce
que cet éternel distrait n'en eut, on peut dire,
jamais un à lui. Quand il fut marié, sa femme, qui
était une cousine de Racine, vécut à Château-
Thierry. Lui, après avoir été longtemps installé

chez la duchesse d'Orléans, passa vingt ans chez
Mme de la Sablière qui disait : « Hier, j'ai congédié
tout mon monde, je n'ai gardé que mon chien,
mon chat et mon La Fontaine ». A la mort de sa
protectrice une autre sincère amie, Mme d'Hervart,
envoya son mari dire au « Bonhomme » qu'elle lui
offrait un asile dans sa maison. Il se contenta de
répondre : « J'y allais! » Et en effet il y fut et y passa
le reste de ses jours.

La Fontaine a donc droit de cité chez nous de
par ses trois inséparables amis, association unique
dont M. Walckenaer parle en ces termes :

« Cette étroite liaison entre Boileau, Racine,
Molière et La Fontaine eut pendant quelque temps
l'influence d'un quatuorvirat littéraire. Peut-être
aucun siècle et aucun pays ne peuvent offrir une
intimité semblable à celle des quatre poètes d'un
aussi grand génie et d'une nature si diverse, Boileau bruyant, brusque, tranchant, mais loyal et
franc; Racine, d'une gaîté douce et tranquille, mais
malin et railleur; Molière, naturellement attentif,
mélancolique et rêveur; La Fontaine, souvent distrait, mais quelquefois follement jovial et réjouis-
sant par ses saillies, ses naïvetés spirituelles et sa
simplicité pleine de finesse.... »

Combien l'esprit reste confondu devant ce délicieux tableau de l'érudit M. Walckenaer. Qui se
serait imaginé un Boileau bruyant et brusque, lui,

l'aristarque qu'on eût au contraire dépeint grave
et gourmé ; et un Racine railleur, au lieu d'un doux
contemplatif qu'il aurait dû être ; tandis que le
rêveur mélancolique fut le satiriste Molière. Quant
au bonhomme La Fontaine, que l'on aurait volontiers placé en observation auprès de quelque
volière, c'est lui le jovial, le réjoui, le boute-en-
train. Toutes ces contradictions de tempérament ne
sont-elles pas surprenantes ?

C'est notre La Fontaine, du reste, qui a laissé le
document le plus authentique sur le quatuorvirat.
Dans son roman de *Psyché*, où les quatre amis s'en
vont en excursion au château de Versailles, il
raconte leur intime liaison. Boileau est Ariste ;
Molière, Gélaste ; Racine, Acante, et La Fontaine,
Polyphile. « Entre eux les conversations réglées
étaient bannies,... » dit-il.

Mais tenons-nous-en là sur cette académie particulière à quatre personnages ; qu'il nous suffise de
l'avoir présentée au complet en faisant remarquer
que c'est elle qui a peut-être suscité de nos jours
l'académie voisine, celle des Goncourt, de la villa
Montmorency. Dans tous les cas, celle de La Fontaine se réunissait très souvent à Auteuil.

Le devoir ne nous commande-t-il pas également **Chapelle.**
de dire ici un mot de Chapelle qui fut le commensal
le plus assidu et le plus divertissant de Molière, de

Racine et de Boileau et chez lesquels il rivalisa de
gaîté avec La Fontaine. Homme de lettres, d'esprit
et de vie facile, il sut tenir sa place dans ce célèbre
groupe et survivre à côté de ses illustres amis. Ce
n'est pas, on l'avouera, un mince mérite et nous lui
devions un salut.

D'Aguesseau. Nous clôturons le xvii<sup>e</sup> siècle avec le chancelier
d'Aguesseau, qui conserva dans le siècle qui allait
commencer les allures magistrales du précédent. Il
mourut à Auteuil et fut inhumé dans l'église. Quand
sa femme s'éteignit à son tour, ils furent tous deux
transportés au cimetière de la paroisse.

# DIX-HUITIÈME SIÈCLE

Ouvrons le xviiie siècle à Passy — où nous allons rencontrer une vie très active — par deux épaves de la cour de Louis XIV, deux hommes connus pour des causes toutes différentes.

C'est d'abord le père La Chaise, qui habita la maison qu'on vient de démolir au n° 1 du boulevard Beauséjour, après être devenue une hôtellerie au commencement de ce siècle. C'est là que s'était retiré le confesseur royal qui donna à son maître deux bien mauvais conseils : celui d'épouser Mme de Maintenon et ensuite, d'accord avec elle, celui de révoquer l'Édit de Nantes.

L'autre épave fut Lauzun, ce cadet de Gascogne devenu le cousin germain du grand roi en se faisant épouser par la Grande Mademoiselle, férue d'amour pour lui. Devenu veuf, il se retira à Passy, où il se construisit un bel hôtel dont on voudrait retrouver des traces dans la propriété Delessert. Saint-Simon raconte que « peu de mois avant sa dernière maladie, c'est-à-dire à plus de quatre-vingt-dix ans, il dressait encore des chevaux, et fit cent passades au bois de Boulogne, devant le roi qui allait à la Muette, sur un poulain qu'il venait de dresser, mais qui l'était à peine, et surprit les spectateurs par son adresse, sa fermeté et sa bonne grâce ».

Lauzun mourut en 1723, après avoir épousé à soixante-trois ans, une demoiselle de Lorges, âgée de quatorze ans, une belle-sœur de Saint-Simon du reste. On voit qu'il ne s'en porta pas plus mal.

**J.-J. Rousseau.** Mais rentrons bien vite dans notre cadre intellectuel avec le plus célèbre des écrivains philosophes du xviiie siècle, dont le séjour à Passy a laissé beaucoup de souvenirs, bien qu'aucune rue n'y ait porté son nom, sans doute parce que le centre de Paris lui avait décerné cet honneur depuis longtemps. C'est J.-J. Rousseau.

Nous avons déjà parlé de lui à propos de nos eaux minérales. Jean-Jacques aima Passy non seulement à cause de sa santé, mais pour son amour de la solitude qui lui était assurée dans notre bois de Boulogne, et encore par les soins filiaux qu'il y rencontrait. On sait combien il aimait à être choyé, malgré ses attitudes de sauvage.

Le philosophe ami de la nature avait connu en Suisse une dame Boy de la Tour, mère d'une enfant que Rousseau appelait Madelon et à qui il donna des leçons de botanique. Cette demoiselle épousa plus tard, à Lyon, Étienne Delessert et il la retrouva, en 1750, installée en famille à Passy. On lui ménagea une retraite près des sources et, sous les ombrages du parc, il put se livrer à ses compositions poétiques et musicales. Rousseau avait, en outre, d'autres personnes de connaissance, et voici ce qu'il en dit dans ses *Confessions* :

« J'avais, près de Paris, un refuge fort à mon goût, chez M. Mussard, mon compatriote, mon parent et mon ami, qui s'était fait à Passy une retraite charmante où j'ai passé de bien paisibles dimanches.... Combien j'en ai passé chez lui d'agréables avec les amis d'élite qu'il s'était faits! A leur tête je mets l'abbé Prévôt, homme très aimable et très simple, dont le cœur vivifiait les écrits dignes de l'immortalité et qui n'avait rien dans la société du sombre coloris qu'il donnait à ses ouvrages; le médecin Procope, petit Ésope à bonnes fortunes; Boulanger, le célèbre auteur posthume du *Despotisme oriental*;... une femme, Mme Denis, nièce de Voltaire, qui n'était alors qu'une bonne femme ne faisant pas encore le bel esprit, etc., etc. »

Voilà un petit tableau d'intérieur qui fait pendant à ceux que nous avons cités à propos de Molière et de Boileau.

Nous avons déjà raconté l'aventure de Rousseau avec son panier de pommes un jour de fête à Passy; ce n'est pas le seul trait que le philosophe ait laissé de ses promenades chez nous. Un jour, dans le bois, il revenait vers la Muette lorsqu'il rencontra, conduites par une sorte de religieuse, une vingtaine de petites filles qui y venaient prendre leurs ébats; un marchand d'oublies vint à passer avec son tambour et son tourniquet — tout comme aujourd'hui, sauf que nos marchands d'oublies se servent d'une claquette au lieu d'un tambour, — et Jean-Jacques fit tirer tour à tour chacune des jeunes écolières. Les oublies y passèrent jusqu'à la dernière et lui se retira goûtant, pour quelques sous, la satisfaction de toutes ces joies enfantines, les seules sans mélange.

Rousseau herborisait fort souvent dans notre bois de Boulogne et il rentrait ensuite avec sa récolte de plantes dans son pavillon de la propriété Delessert, pavillon que l'on peut voir encore sur le quai de Passy.

Mais abandonnons ici notre grand penseur, cet esprit supérieur qui approfondit tant de choses, la philosophie, la littérature, la science, l'histoire naturelle, l'art musical, pour saluer trois grands

musiciens qui, alors, vécurent aussi à Passy :
Rameau, Gossec et Piccinni, tous trois hébergés
pendant des années chez M. de La Pouplinière, en
compagnie de bien d'autres personnalités, que nous
allons d'ailleurs avoir à citer.

Rameau, ce Wagner de son époque, l'auteur d'un    Rameau.
nouveau traité de musique, se vit méconnu par l'orchestre même de M. de La Pouplinière. Un moment,
on alla jusqu'à refuser d'exécuter ses compositions
parce qu'on ne les comprenait pas.

Cela ne rappelle-t-il pas la première représentation du *Tannhäuser* à l'Opéra?

Rameau mourut en 1764 et, à son lit de mort, le
curé de Saint-Eustache ayant voulu le sermonner, il
lui dit : « Que diable venez-vous me chanter, vous
avez la voix fausse? » Ce qui avait frappé le musicien dans cet instant d'angoisse c'était la fausse
note !

Un trait du même genre s'applique à un de nos
maîtres contemporains, Ambroise Thomas, homme
bien doux cependant. Un an avant sa mort, alors
que comme directeur du Conservatoire depuis tant
d'années il devait être habitué à entendre des sons
bien variés, le maëstro passait la soirée à Passy,
chez l'auteur de ces souvenirs. Après dîner, un
jeune poète de talent, classé, très couru et qui dit
vraiment ses vers avec une âme et une chaleur très

communicatives, se mit à scander une de ses poésies.
Bientôt Ambroise Thomas s'esquiva du salon et
comme on allait lui demander s'il était indisposé, il
répondit : « Non, mais ce monsieur *chante* si faux ! »
Et pendant ce temps tout le monde applaudissait
le poète. Question de tympan.

Gossec.
Gossec, ce Pasdeloup de génie qui arriva du Hai-
naut pour prendre la direction des fêtes musicales
de La Pouplinière, bannit Rameau de son réper-
toire. Gossec préférait les vieux ouvrages à ariettes.
Ce qui ne l'empêcha pas d'être un symphoniste de
premier ordre et de rénover la musique instrumen-
tale et religieuse. Il créa même une école de chant
et fit de Passy un vrai conservatoire. Né en 1733,
Gossec n'est mort qu'en 1829.

Piccinni.
Le troisième musicien attitré de La Pouplinière
fut Piccini, cet Italien né à Bari en 1728; il nais-
sait à la renommée lorsque Rameau s'en allait.
Comme on se le rappelle, il fut le porte-drapeau de
la musique classique du XVIIIe siècle contre le révolutionnaire Gluck. Il eut le bon goût d'être fidèle à
Passy, où il s'éteignit doucement en 1800. Il fut
enterré dans le cimetière, alors situé vis-à-vis de
l'église de la rue de l'Annonciation, et la plaque de
son modeste tombeau a été précieusement conservée,
non loin de là, rue Lekain, dans une portion de ce
cimetière qui possède encore la famille Delessert.

L'art était représenté encore chez La Pouplinière
par un maître peintre qui créa un genre nouveau,
pour ainsi dire, en le portant à un degré de perfection qu'on n'a pas dépassé. Nous voulons parler
de La Tour, le pastelliste. Quoiqu'un assidu de
Passy, c'est à Auteuil qu'il habitait. Voici ce que
raconte de lui M. Léopold Mar :

« La Tour, ce maître pastelliste, qui affectionnait
nos parages, avait loué, vers 1750, une maison de
campagne donnant sur l'emplacement du n° 59
actuel de la rue d'Auteuil, et suivie d'un parc de
deux arpents au fond duquel s'élevait un petit
pavillon dont la pièce principale, éclairée par un
dôme, lui servait probablement d'atelier. Cette
maison, dont il devint acquéreur en 1770, avait été
construite au commencement du règne de Louis XV.
La Tour y reçut, dit-on, le maréchal de Saxe, dont
il avait fait le beau portrait qui se voit actuellement
au musée du Louvre, et Louis XV ne passait jamais
dans le village sans envoyer demander des nouvelles
de son peintre. Son peintre en titre, non seulement,
en effet, il l'était depuis 1750, mais il était encore
celui de toute la famille royale : la reine, la dauphine et leurs enfants, tous avaient posé devant lui,
et n'avait pas cet honneur qui voulait! Quelque
offre de rémunération qu'on lui fît, la célébrité du
personnage ou le titre d'ami pesait avant tout dans
le choix de ses modèles. C'est ainsi que les maré-

chaux de Belle-Isle, de Lowendal et de Saxe pour
l'armée; Voltaire, Rousseau, Fontenelle, Crébillon
père, d'Alembert, Diderot, Helvétius, Duclos, Bachaumont, La Condamine, Buffon, pour les lettres;
les actrices Clairon, Favart, Adrienne Lecouvreur
et Sophie Arnoult; les danseuses Mlle Sallé et la
Camargo, à ne citer que les plus célèbres, eurent
leurs portraits de la main de ce *machiniste mer-
veilleux*, de ce *grand magicien*, comme l'appelle
Diderot. »

Nous ajouterons à ces lignes de M. Mar que le
grand magicien — dont les chefs-d'œuvre malheureusement ont la fragilité du pastel — était aussi
un original que la majesté royale n'intimidait
guère. Il faisait répondre à Mme de Pompadour,
qui l'envoyait prier de venir faire son portrait
chez elle : « Dites à Madame que je ne vais pas
peindre en ville ». Et, en effet, on venait chez
lui, et quand il peignait, il se débraillait, tirait ses
chaussures, se coiffait d'un foulard, même devant
le roi. Avec lui, Mme Mackay n'aurait pas eu la
fantaisie qu'elle se permit avec Meissonier.

Marmontel. Enfin, pour compléter le cercle des habitués du
château de Passy, allons-y retrouver Marmontel et
Piron. Nous savons déjà que Marmontel remercia
son hôte de sa bienveillance envers lui par les
indiscrétions de ses *Mémoires*. Cet ancien élève des

Jésuites, lauréat de Toulouse aux Jeux Floraux,
protégé de Voltaire, fit son chemin en bon Gascon,
d'éducation sinon de naissance. Un peu comme
Lauzun, il se créa des succès avec les femmes et
sut se faire bien venir de Mlles de Verrières aux
dépens du maréchal de Saxe. Après avoir écrit sur
tout et s'être distingué même dans un genre de littérature qu'on appela ennuyeux, il finit dans la
politique. Il mourut, en 1799, à l'âge de soixante-
seize ans, membre du conseil des Anciens.

Nous clôturerons la liste La Pouplinière avec Piron.
Piron, qui ne cultiva pas en littérature le genre
attristant de Marmontel, comme personne ne
l'ignore. On a lu son mot sanglant à l'égard de
son brave homme d'amphitryon. On peut en con-
clure qu'il n'est pas toujours agréable de jouer au
Mécène.

Le château de Passy compta plus tard un habitant Florian.
distingué que nous devons aussi saluer, Florian,
l'idole un peu surfaite du félibrige contemporain.
Lorsque le duc de Penthièvre, son protecteur,
venait au château qu'il avait loué à Boulainvilliers,
Florian l'accompagnait. Il se partageait ainsi entre
Sceaux et Passy.

Pour ne pas arriver à la fin du xviiie siècle sans
parler de Chaillot, classons ici deux littérateurs qui

9

tous deux l'habitèrent vers cette époque et qui tous
deux ont laissé à la postérité une œuvre de semblable caractère. C'est avec la même simplicité de
style, les mêmes grâces du cœur et la même passion
vraie de leurs héros que l'abbé Prévost et Bernardin
de Saint-Pierre ont écrit *Manon Lescaut* et *Paul et
Virginie*. Ces immortels romans ont même pris place
ensemble parmi les sujets préférés de nos musiciens.

L'abbé
Prévost.

Nous avons déjà eu l'occasion, avec J.-J. Rousseau, de rencontrer l'abbé Prévost à Passy, chez un
joaillier retiré des affaires et devenu géologue dans
ses vieux jours.

Il y venait en voisin, car il habitait à Chaillot,
sur le coteau qui descend à la Seine. Il n'avait donc
qu'une petite promenade à faire pour être rendu
chez Moussart. Voici comment il raconte son arrivée
chez nous, dans une lettre écrite à un de ses amis
le 30 juillet 1746 :

« Je commence par vous apprendre que j'ai
« quitté depuis trois semaines le séjour de Paris, la
« grande ville. A cinq cents pas des Tuileries s'élève
« une petite colline, aimée de la nature, favorisée
« des dieux, etc. C'est là que j'ai fixé ma demeure
« pour trois ans, par un bail en bonne forme, avec
« la gentille veuve ma gouvernante, Loulou, une
« cuisinière et un laquais. Ma maison est jolie,
« quoique l'architecture et les meubles n'en soient

« pas riches. La vue est charmante, les jardins tels
« que je les aime. Enfin j'y suis le plus content des
« hommes. Cinq ou six amis, dont je me flatte que
« vous augmenterez le nombre à votre retour, y
« viennent quelquefois rire avec moi des folles agi-
« tations du genre humain. Ma porte est fermée à
« tout le reste de l'univers. »

C'est dans une aussi aimable solitude que Prévost
puisa les inspirations de son roman dont il fait
passer plusieurs scènes à Chaillot.

Pour Bernardin de Saint-Pierre, on sait qu'il alla
chercher au delà des mers le sujet de son chef-
d'œuvre romantique. Ce fut pendant un séjour à
l'île de France qu'il reçut l'inspiration de son ado-
rable idylle. Il fit grandir ses deux héros sur une
colline auprès de la ville de Port-Louis, tout comme
il avait vécu lui-même sur la colline de Chaillot,
aux portes de Paris; mais là s'arrête tout rappro-
chement possible, ainsi qu'a pu le constater l'auteur
de ces lignes en visitant le paysage décrit par Bernardin de Saint-Pierre et en refaisant la route de la
rivière des Lataniers aux Pamplemousses. A ce
moment encore, la légende désignait deux petits
mausolées apocryphes comme les tombes de Paul
et Virginie. Les archives de l'île ont, il est vrai,
conservé le récit du naufrage du *Saint-Géran*, toutefois la mort de Virginie est seule bien authentique.

Si Bernardin de Saint-Pierre n'a rien dit de Chaillot dans son roman, cependant il en a parlé dans ses *Études de la Nature* et il y a même raconté, dans le goût du temps, l'histoire d'une pauvre mère de famille juive qu'il rencontra fugitive dans les fossés du Cours-la-Reine et qu'il secourut. Son tableau rappelle beaucoup ceux de *la Chaumière indienne*.

**Mme Vigée-Lebrun.** Enfin, avant de quitter Chaillot, disons quelques mots d'une artiste aimable qui y demeura vers la fin du siècle dernier : une femme peintre destinée à passer elle aussi à la postérité avec une seule de ses œuvres, on peut dire. C'est Mme Vigée-Lebrun, dont on connaît le tableau du musée du Louvre. Elle s'est représentée avec sa fille dans un chef-d'œuvre caractérisant à la fois son talent et son cœur. Il pourrait être intitulé : *l'Amour maternel.*

**Malfilâtre.** C'est à Chaillot encore que vint mourir, à trente-quatre ans, un poète malheureux, Malfilâtre, qui chercha à y cacher sa misère et à s'y mettre à l'abri de ses créanciers. Il y composa *Narcisse*, son poème le plus étendu. C'est de lui qu'on a dit :

> La faim mit au tombeau Malfilâtre ignoré ;
> S'il n'eût été qu'un sot, il aurait prospéré.

Il semble qu'en mourant le poète emporta cet esprit élégiaque et attendrissant mis à la mode

par Bernardin et l'abbé Prévost. Il est vrai que
nous arrivons au seuil d'une époque tragique, au
moment où les problèmes sociaux les plus redou-
tables vont être agités et bouleverser le monde.
L'an 1789 approche.

En effet, en retournant à Auteuil nous allons y **Franklin.**
rencontrer un groupe important d'adeptes de l'école
philosophique nouvelle, et en passant à Passy, y
voir arriver un étranger éminent par sa science et
ses principes révolutionnaires. Il s'agit de Franklin,
qui, grâce à sa qualité d'Américain et d'ami de la
France, pourra garder, au milieu de nos troubles,
sa figure sereine.

Fêté et choyé, il séjourna parmi nous à deux
reprises différentes. Une première fois de 1777 à
1785. C'est alors qu'il fit l'essai de son paratonnerre. En 1778, on célébra en son honneur une
grande fête maçonnique dans la salle de bal du
Ranelagh. Il avait été vénérable d'une loge à Phi-
ladelphie; il fut affilié à la loge française des *Neuf
Sœurs,* dont faisait partie la princesse de Lamballe,
l'amie de Marie-Antoinette, qui possédait une maison
de campagne à Passy. A cette époque, on le voit,
les femmes de la cour se faisaient recevoir franc-
maçonnes.

Quand le patriarche américain revint, pour la
seconde fois, comme ambassadeur de sa patrie

affranchie, c'est par son intermédiaire que la première république du Nouveau-Monde conclut avec la nouvelle de l'Ancien-Monde son premier traité d'alliance. Aussi lorsque Franklin mourut, sur la proposition de Mirabeau, l'Assemblée nationale porta-t-elle trois jours le deuil de ce grand citoyen de l'univers qui, suivant le mot de Turgot, « arracha la foudre au ciel et le sceptre aux tyrans ».

La *Société historique* a consacré le séjour à Passy de cet homme illustre. En 1896, elle a fait placer une plaque commémorative sur les murs de la chapelle des frères de la Doctrine chrétienne, au coin de la rue Singer, là où se trouvait le pavillon habité par notre hôte dans l'hôtel de Valentinois.

Cette indépendance que les Américains purent conquérir grâce au concours des Français — souvenir glorieux pour notre pays et pour l'humanité — se trouve être rappelée deux fois dans notre arrondissement. Premièrement, par le monument élevé à Washington et à Lafayette, place des États-Unis; secondement, par la statue de la Liberté de Bartholdi qui se dresse à la limite de notre territoire, sur l'île des Cygnes. Et, heureuse coïncidence, notre région, qu'habita le premier délégué des États-Unis, semble avoir été adoptée de notre temps par la colonie américaine comme son séjour de prédilection.

Encore un détail à noter : le comte d'Estaing, qui s'illustra comme marin dans la guerre de l'Indépendance, avait un hôtel à Passy.

En rentrant à Auteuil, où les femmes ont joué un si grand rôle, nous allons nous incliner tout d'abord devant deux des plus célèbres. Mais que les temps sont donc changés ! Il ne s'agit plus de succès mondains ni de mœurs frivoles. Nous nous trouvons en présence d'esprits avides de philosophie sociale et de science politique, et les deux personnes supérieures qui vont se distinguer en des sujets si graves, ce sont Mme Helvétius et la marquise de Condorcet — surtout la première.

*Madame Helvétius.*

Toutes deux furent mariées à des hommes remarquables, l'une à Helvétius, penseur profond et philosophe hardi, quoique fermier général, l'autre au marquis de Condorcet, non moins grand philosophe et, de plus, mathématicien transcendant et géographe de premier ordre. Toutefois, ce sont les deux femmes qui méritent plus particulièrement notre attention locale, la première par l'influence extraordinaire qu'elle sut exercer pendant son séjour à Auteuil ; l'autre, par les malheurs immérités qui vinrent l'y accabler. Aussi, est-ce pour cela que M. Guillois a consacré à chacune d'elles un livre des plus intéressants et des plus instructifs.

Notre historien nous montre Mme Helvétius en-

tourée de ses idéologues et préparant avec eux la
grande révolution des idées qui allait amener la
grande révolution des institutions. Son mari, ce
riche financier, auteur du livre de *l'Esprit*, fut
également pour sa femme un véritable inspira-
teur; il aida de toutes ses forces à cette ébulli-
tion philosophique dont les germes remontaient à
J.-J. Rousseau et à Voltaire. Mais ce fut par la hauteur de son intelligence, par le charme de son esprit
et de sa personne, que Mme Helvétius devint un
des points convergents du grand mouvement social.
C'est dans son salon d'Auteuil, on peut dire, qu'en
partie se synthétisa la révolution de 89.

Devenue veuve, Franklin, Turgot voulurent
l'épouser. Elle préféra se donner un fils adoptif,
Cabanis. On voyait groupés autour d'elle, dévoués
et pleins d'admiration : Condillac, d'Holbach,
d'Alembert, Chamfort, l'honnête Thomas — un
fidèle d'Auteuil, — le chevalier de Boufflers, l'abbé
Morellet — chéri à l'égal de Cabanis, — Turgot,
Franklin, Jefferson, Volney, Siéyès, Fontenelle,
Roucher — le poète des *Mois*[1].

Les idéologues de Mme Helvétius, comme on
les appelait, Siéyès en tête, arrivèrent au pouvoir
après le 9 thermidor; aussi l'influence politique de

_____

1. Ce dernier compte un arrière-petit-fils parmi nous,
c'est M. Antoine Guillois lui-même. Les Roucher étaient
reçus en parents par Mme Helvétius.

cette femme remarquable fut-elle grande à cette époque. Bonaparte se fit présenter chez elle par ses frères Joseph et Lucien. Le futur dictateur jugea bien vite combien étaient chimériques les esprits qu'il rencontra là, mais il se montra prudent, il les amadoua pour les tromper plus tard. Certains ne lui pardonnèrent jamais.

Mme Helvétius fut toujours d'une bienfaisance inépuisable, cela lui valut de la part de Franklin le surnom de N.-D. d'Auteuil. Elle habitait le petit hôtel contigu au château du Coq, qui avait appartenu au pastelliste La Tour et dont le jardin existe encore. Mme Helvétius y mourut en 1800 et y fut enterrée suivant son désir. Ses restes, plus tard, ont été transférés au cimetière paroissial.

Mme de Condorcet venait souvent voir Mme Helvétius dont elle était l'amie. Son mari, une des grandes intelligences du xviiiᵉ siècle, secrétaire perpétuel de l'Académie des sciences, était d'une grande indépendance de caractère. Admirateur du régime républicain, il n'en fut pas moins sa victime; condamné à mort sous la Terreur, poursuivi, traqué, il finit par s'empoisonner pour ne pas mourir sur l'échafaud.

Mme de Condorcet avait partagé l'enthousiasme de son mari pour la République et s'était dévouée au parti girondin. Devenue veuve, réfugiée' à

Auteuil, sous la Terreur ses biens furent saisis et
elle mena l'existence la plus précaire; emprisonnée,
elle fut sauvée par la mort de Robespierre, c'est-
à-dire par Mme Tallien, qu'elle appelait « la belle
et bonne ». On sait que ce fut Tallien qui osa le
premier attaquer le dictateur en face. Sa femme lui
avait inspiré cette audace. On a les lettres qu'elle
lui écrivait du fond de sa prison pour l'exciter à la
révolte. Aussi l'appela-t-on N.-D. de Thermidor. Il
faut croire que c'était alors la mode. Quant à Mme de
Condorcet, ayant recouvré ses biens, elle finit plus
tranquillement ses jours. Elle avait donné sa sœur
en mariage, en 1796, à Cabanis, le fils adoptif de
son amie Mme Helvétius.

Elle laissa derrière elle des ouvrages remarqués.
Dans les derniers temps elle avait encore su rallier
autour d'elle quelques esprits indépendants, réfrac-
taires aux gloires éphémères de l'empire. Elle mourut en 1822.

Ici s'arrête l'histoire des grandes républicaines
d'Auteuil. Comme contraste de mœurs, ajoutons à
notre galerie féminine « les trois Grâces du Directoire » que nous avons rencontrées au bal du Ranelagh, Mme de Beauharnais, Mme Tallien, Mme Récamier, qui toutes trois ont laissé chez nous quelque
souvenir. Nous n'en dirons que peu de mots.

Mme de Beauharnais fut celle qui nous appartint le moins et ce moins est un rien. Elle ne connaissait Passy que comme lieu de distraction. Devenue Mme Bonaparte, elle vint quelquefois au château de la Tuilerie, situé entre Passy et Auteuil, visiter Mme de Brienne que son mari avait connue alors qu'il était à l'École militaire. On montre dans cette propriété un hêtre pleureur qui fut planté par la femme du premier consul. C'est tout ce que nous avons recueilli, chez nous, sur la première des trois Grâces.

**Madame de Beauharnais.**

La seconde, Mme Tallien, nous légua son premier mari. Nous l'avons vue triomphante de Robespierre mériter le titre de N.-D. de Thermidor. On put dire à ce moment-là qu'elle était maîtresse de la France, mais Tallien diminué, elle le laissa pour devenir une Incroyable du Directoire. Elle couronna sa carrière mouvementée en devenant princesse de Chimay. Son ancien mari, lui, s'en vint mourir à Chaillot pauvre et délaissé.

**Madame Tallien.**

La troisième Grâce, Mme Récamier, est certainement celle qui mérite le plus de fixer l'attention comme type de femme. D'une beauté idéale, épouse d'un simple banquier, elle traversa chaste ces époques aux mœurs troublées. Entourée, adulée, donnant le ton à la mode, elle ne fut cependant jamais soupçonnée et refusa la main de princes qui lui

**Madame Récamier.**

demandaient de divorcer pour l'épouser. Elle repoussa même les avances galantes de Napoléon.
Durant sa vie entière enfin elle fascina les hommes
et les femmes sans que son empire sur eux faiblît
un moment, parce qu'elle ne faiblit jamais elle-
même. Chateaubriand, amoureux fidèle et plato-
nique, se mourait encore d'amour pour ses cheveux blancs alors qu'elle vint demeurer durant
quelque temps à Passy, dans un pavillon de la villa
Beauséjour. Elle avait, auparavant, fait un court
séjour à Auteuil, où elle habita l'ancienne maison
de Racine.

Après cette série de femmes, il nous reste maintenant à énumérer rapidement quelques noms
d'hommes de cette époque.

Turgot.    Nous eûmes Turgot à Auteuil, le sage Turgot,
le ministre réformateur de Louis XVI, ce qui ne
l'empêcha pas d'adorer Mme Helvétius. Il séjournait au château du Coq.

Ducis.    Le poète tragique Ducis vécut également à Auteuil.
Dans sa carrière il montra plus de caractère que
de talent. Partisan de la République, il repoussa
toutes les avances de Napoléon, et Villemain a dit
de lui : « Ducis était un des hommes les plus
faits pour laisser un long souvenir; jamais il ne
subit aucun joug ».

Cabanis, ce médecin philosophe, qui avait passé **Cabanis.**
sa vie à Auteuil, mourut dans la maison que lui
avait léguée sa mère adoptive, Mme Helvétius.
Républicain de théorie, il suivit la fortune de Bonaparte et fut enterré au Panthéon en 1808. Ami et
collaborateur de Mirabeau, on l'avait accusé un
moment de l'avoir empoisonné[1].

Clôturons ainsi les temps révolutionnaires à
Auteuil et passons à quelques citations sur Chaillot
et Passy.

Comme Tallien, Barras — le Barras-roi de **Barras.**
Mme Angot — vint se cacher à Chaillot honteux et
oublié. Il y mourut en 1829.

Le conspirateur Cadoudal s'était installé quai **Cadoudal.**
Debilly pour préparer sa machine infernale, il y
reçut Pichegru.

Un autre adversaire de Napoléon, mais un adver- **Moreau.**
saire qui le devint malgré lui, le général Moreau,

---

1. A propos de l'inauguration du pont Mirabeau, nous
avons cherché si le grand tribun avait laissé quelques
souvenirs personnels parmi nous. M. Léopold Mar signale
simplement que dans des lettres, datant de ses dernières
années, Mirabeau parle d'un pied-à-terre secret qu'il aurait
eu un moment rue de la Pompe à Passy. Bien que cette
demeure n'ait été rien moins qu'officielle, nous constatons le
fait vu l'importance du personnage.

habitait, avant son exil, un hôtel que l'on peut visiter, tel qu'il existait à cette époque, au n° 7 de la rue de Passy. Ce grand général eut le tort, dans son ressentiment, de se trouver dans un camp ennemi lorsqu'il fut tué par un boulet français. Ce n'est pas ainsi qu'aurait compris son devoir un de ses amis qui vécut aussi parmi nous, nous voulons parler de La Tour d'Auvergne, le premier grenadier de France.

**La Tour d'Auvergne.** Cet irréprochable patriote périt, on le sait, à Neubourg, simple grenadier, sous les ordres de son camarade le susdit général Moreau.

La Tour était Breton; capitaine en 1779, il démissionna pour aller combattre comme simple volontaire en Amérique ; puis on le retrouve sous la Révolution commandant d'une colonne de grenadiers dans les Pyrénées. C'est après cette campagne qu'il se retira à Passy, où il habitait une maison située rue Raynouard. A cinquante-sept ans, il reprit du service, comme simple soldat, pour remplacer le fils d'un de ses amis. Il fit encore trois campagnes, et, six jours avant d'être tué, il écrivait au général Moncey, son plus ancien camarade : « Mon destin est de finir sur les champs de bataille, mon titre de premier grenadier de France est mon brevet de mort ».

Les habitants de Passy célébrèrent sa mémoire dans une cérémonie publique et un citoyen Legard, au pied du catafalque, termina par ces mots son éloge funèbre :

« Et vous, patriotes de Passy, qui avez élevé ce mausolée aux mânes de La Tour d'Auvergne, recevez le tribut de reconnaissance que vous doivent les Bretons, mes compatriotes, dont je suis l'organe. Il choisit votre commune pour sa retraite, parce que la beauté de son site l'enchantait et parce que l'aménité de vos mœurs convenait à son caractère. Tous les amis, tous les défenseurs de la liberté applaudiront aux honneurs funèbres que vous décernez au premier grenadier de la République, et leur estime rendra votre commune célèbre dans les armées. »

Il faut bien reconnaître que le simple grenadier La Tour d'Auvergne sut être plus grand que son général en chef Moreau. Le brave soldat succomba juste en l'an 1800. Il va donc nous servir de ligne de démarcation entre l'ancien et le nouveau siècle.

Toutefois, avant d'entrer dans notre vie moderne, **Les Chénier.** nous adresserons un salut à un poète de la vieille école, à André Chénier, qui vint souvent à Passy avant de périr sur l'échafaud. Son frère Marie-Joseph l'amenait chez un ami intime du nom de

Pastoret, et c'est de là que sont nés ces vers de Marie-Joseph sur la Seine :

> Jadis, il m'en souvient, du fond de leurs roseaux
> Les nymphes répétaient le chant plaintif et tendre
> Qu'aux échos de Passy leur voix faisait entendre.
> Jours heureux, temps lointain, mais jamais oubliés
> Où les arts consolans, où la douce amitié
> Et tout ce dont le charme intéresse la vie
> Égayaient nos destins ignorés de l'envie.

On voit bien, à la lecture de cette poésie difficile, qu'André était mort, mais enfin soyons heureux de clôturer cette sanglante fin de siècle sur ce riant tableau qui rappelle l'ancienne douce vie de Passy.

## DIX-NEUVIÈME SIÈCLE

Avec le xixᵉ siècle, le premier empire évanoui, nous allons nous retrouver chez nous en plein renouveau de belles-lettres.

Cependant, afin d'être en règle avec les annales locales, rappelons en deux mots que Talleyrand, devenu ministre de Napoléon, habita le château de la Muette, resté, comme on l'a vu, propriété de l'État. **Talleyrand.**

Mentionnons aussi une autre personnalité de la cour impériale, Mme la duchesse d'Abrantès, femme de Junot, une descendante des Comnène, qui vint mourir obscurément à Chaillot, après avoir gagné péniblement le pain de ses derniers jours en écrivant des romans et ses mémoires. **Madame d'Abrantès.**

Et maintenant, arrivons au grand épanouissement de Passy avec son trio de chansonniers.

**Rouget
de l'Isle.**

D'abord Rouget de l'Isle, le premier en date et
en âge, le moins fécond et cependant le plus glorieux des trois, celui dont le nom restera, comme
celui de Tyrtée, impérissable à travers les âges.
Quand l'auteur inspiré de la *Marseillaise* se réfugia
à Passy, l'hymne qui l'avait fait célèbre était pros-
crit et, lui, songeait au suicide. Il en était réduit
à une véritable détresse morale et physique. De
l'Isle fut même à ce moment-là emprisonné pour
dettes, et celui qui le réconforta, qui l'empêcha
de désespérer de la vie, ce fut un autre chansonnier comme lui, le bon Béranger, qui était également venu cacher sa muse à Passy. Encore jeune et
quoique peu fortuné, sa renommée naissante lui
permit cependant de sauver l'auteur de notre chant
national. Aussitôt qu'il sut que son ami avait été
écroué, il lui écrivit ainsi :

« Je viens de chez vous,... je vois que ce qu'on
« m'a dit hier est malheureusement vrai. Je vous
« écris à Sainte-Pélagie...

« Quelle dette a causé votre détention?.... Est-
« elle considérable?... N'allez pourtant pas en con-
« clure que je sache encore par quel moyen vous
« tirer de là. Malheureusement vous m'avez tou-
« jours connu de bonnes intentions et peu de pou-
« voir... Il est nécessaire avant tout que je sache
« pour combien vous êtes écroué.

« Je connais les usages de la prison politique et
« nullement ceux de la dette....

« J'ai une recommandation à vous faire : ne rou-
« gissez pas d'être détenu pour dette. C'est à la
« nation de rougir des malheurs qui n'ont cessé
« d'accabler l'auteur de la *Marseillaise*. Je l'ai crié
« bien des fois dans les salons de l'égoïsme. Peut-
« être qu'à la fin un peu de pudeur le fera com-
« prendre aux plus sourds.

> « Tout à vous de cœur,
>
> « Votre ami,
>
> « BÉRANGER. »

Le banquier Jacques Laffitte intervint, le pauvre
Rouget de l'Isle fut délivré. Puis 1830 arriva, il
fut pensionné, il fut décoré, et Béranger lui écrivit
encore :

« Lorsque la *Marseillaise* va nous redevenir
« une fois de plus nécessaire à la frontière, il est
« tout simple qu'on ait donné à son auteur, brave
« militaire, distingué comme poète, la récompense
« qu'il eût dû recevoir à la création de l'ordre. Il ne
« faut pas vous affliger de ne m'avoir pas comme
« camarade de promotion. »

Admirable Béranger! Grâce à lui, Rouget de l'Isle
mourut tranquille et honoré, en 1835.

Passy possédait, il faut croire, le bon grenier Béranger.

pour les chansonniers, puisque l'ami de Lisette
y vint passer, lui aussi, ses mauvais jours. Il vécut
d'abord dans une mansarde que l'on peut encore
retrouver rue Raynouard, à toucher le presbytère;
il habita aussi rue Scheffer, alors la rue des Moulins;
puis il passa sept ou huit ans rue Vineuse, près du
Trocadéro. C'est là, dans un logement modeste, que
l'ex-doyen de la Comédie-Française, M. Got, alors
tout jeune et aujourd'hui devenu un habitant du
XVIᵉ arrondissement, nous disait avoir rencontré
Lamennais. Lamennais et Béranger, toute une
époque en deux noms!

Le bon Béranger, après avoir été fêté par tant
de générations dont il fut le patriarche populaire,
mourut en 1850, laissant la place à un confrère à
couplets, également un fidèle de Passy. Nous avons
nommé Nadaud, l'auteur des *Deux Gendarmes*.

**Gustave Nadaud.** On le voit, de chansonnier en chansonnier nous
voilà arrivés jusqu'à nos jours, car Nadaud a laissé
parmi nous de nombreux amis qui l'ont vu, fréquenté, aimé, et qui connurent la douce existence
que longtemps il mena au nº 63 de la rue de
Passy. M. Manuel, le très honorable président de
la *Société historique*, était un des intimes de la
maison, et M. Leo Claretie — un jeune qui admire
les vieux, ce qui devient rare, — dans une délicieuse
conférence locale, nous a tracé un portrait frappant

de ce bon vivant qui prenait le temps comme il
venait, se laissait aller doucement à la vie, se
montrait sans prétention et n'accusait nul souci.
Nadaud en eut un cependant qui lui vint d'un ami,
de Passy comme lui, un homme illustre, Lamartine, qui habitait alors le chalet que la ville de
Paris lui avait offert chez nous comme retraite.
Voici comment M. Leo Claretie raconte l'incident :

« Lamartine et la princesse Mathilde avaient invité
Nadaud à dîner pour le même soir. Nadaud dînait
rarement chez lui. Très répandu, très recherché, il
avait son couvert mis partout. Il dînait, il chantait,
et c'étaient encore les amphitryons qui étaient en
reste avec lui. On le leur fit bien voir. Vers la fin de
sa vie, Nadaud, qui avait une certaine aisance et qui
ne s'est jamais fait payer ses soirées, se trouva un
peu gêné. Il fit une édition de luxe de ses œuvres.
Ses amis, peintres et dessinateurs, lui prodiguèrent
gracieusement les illustrations. Il suffit à Nadaud de
placer un exemplaire dans chacune des maisons où
il avait dîné, comme on déposerait sa carte de visite,
pour que ses droits d'auteur aient tout de suite
atteint la somme de cent mille francs.

« Entre Lamartine et la princesse, Nadaud opta
pour la princesse. Lamartine en fut piqué. Voyant
que le chansonnier ne venait pas, il fit ôter son
couvert et donna le signal de se mettre à table, pen-
sant comme Dupin aîné, en pareille circonstance :

En dînant, nous l'attendrons; tandis qu'en l'attendant nous ne dînerons pas!

« En passant du salon à la salle à manger, Lamartine fredonna cette parodie improvisée des *Deux Gendarmes* :

> Un jour le vaincu de Pharsale
> M'offrit un souper d'un écu;
> Le vin est bleu, la nappe est sale;
> Je n'irai pas chez le vaincu.
> Mais que la cousine d'Auguste
> M'invite en sa noble maison,
> J'accours, j'arrive à l'heure juste :
> Chansonnier, vous avez raison.

Le couplet satirique fut plus tard publié par suite d'une indiscrétion et le bon Nadaud en eut une grosse peine. Toutefois Lamartine, toujours affable, trouva l'occasion de s'en excuser; les deux amis sont morts réconciliés.

**Lamartine.** Ayant prononcé le nom de Lamartine, comment ne pas parler sans plus tarder de cette illustration de notre siècle qui vint finir ses jours dans notre thébaïde? Après avoir fait de la politique comme il avait fait des vers, en poète inspiré mais sans souci du lendemain, Lamartine, ruiné, accablé d'engagements, avait dû accepter sur ses vieux jours le refuge que lui offrit la reconnaissance parisienne. Faible reconnaissance, il est vrai, puisqu'elle se borna à lui offrir un modeste toit dont il jouit deux années à peine. Par contre, ce toit était caché sous des ombrages discrets et le grand écrivain put s'y livrer, entouré de la sollicitude de son admirable nièce, aux travaux multiples, ingrats et épuisants de sa fin de carrière. C'est là qu'il finit ses jours, à bout de forces, en 1869.

Quel est, parmi nous, l'ami des lettres qui n'ait fait son pèlerinage au chalet Lamartine, lequel vient de disparaître pour faire place à un grand immeuble de rapport qui porte le n° 109 de l'avenue Henri-Martin? Que l'on y place donc au moins une plaque commémorative, cela complétera notre pieux souvenir envers le chantre d'Elvire dont un square voisin abrite la mignonne et sentimentale statue [1].

Nous venions de perdre en Lamartine le poète du **Victor Hugo.** cœur, nous possédâmes bientôt avec Victor Hugo, le poète de l'âme. Les deux anciens rivaux de gloire poétique vinrent successivement chez nous à l'heure tardive, l'un après avoir fait palpiter la France, l'autre après avoir fait vibrer le monde.

C'est hier encore, semble-t-il, que tout Paris passait le modeste seuil de Victor Hugo, dans l'avenue qui porte aujourd'hui son nom, et d'où il

1. Dans le même sentiment, le nom de « Villa Lamartine » vient d'être filialement donné à un hôtel mitoyen, non sans droit, car l'emplacement de cet hôtel faisait partie du jardin du poète.

partit triomphalement pour aller prendre place au Panthéon et entrer dans l'immortalité.

Quel honneur pour notre xvi⁰ arrondissement d'avoir abrité de si grands Français ! L'on voudrait s'en tenir là comme dans une apothéose finale, s'il ne fallait être complet et descendre de ces hauteurs pour rappeler à nos descendants d'autres noms qui méritent de n'être pas oubliés.

Nous le ferons toutefois avec discrétion, car cette liste est déjà longue, et nombreux sont les hommes réputés qui peu ou prou passèrent par Auteuil et Passy.

**Proudhon.** Comment ne pas citer, par exemple, Proudhon, le philosophe socialiste, qui mourut, en 1861, au n° 10 de la rue de Passy ? Il résumait son idéal en ces mots : « l'an-archie, c'est-à-dire la société où personne ne commande et où tout le monde obéit ». Utopie si l'on veut, mais utopie de bien haute envergure, aujourd'hui misérablement interprétée par de vulgaires agitateurs.

**Balzac.** Honoré de Balzac habita deux ans, vers 1841, rue Raynouard, n° 47.

**Paul de Kock.** Paul de Kock naquit à Passy en 1794.

**Jules Janin.** Jules Janin mourut, après un très long séjour à Passy, au n° 10 de la rue de la Pompe. Il y avait soigné Ponsard, qui était venu mourir chez son ami.

Nous eûmes encore : Jules Sandeau, qui, jeune, donna la moitié de son nom à George Sand ; *Jules Sandeau.*

Scribe, le rival, pour la fécondité, des Calderon et des Lope de Véga, ces étonnants Espagnols qui laissèrent chacun derrière eux des centaines de pièces de théâtre ; *Scribe.*

Michaud, l'auteur des *Croisades*, qui finit ses jours rue Franklin. *Michaud.*

N'allons pas oublier Raynouard, bien que d'un talent assez résumé, qui donna son nom à une rue de Passy que nous citons à chaque instant. L'auteur de la tragédie des *Templiers* habita longtemps, de 1805 à 1835, une maison de plaisance qu'il possédait dans la rue Basse d'alors. C'est sans doute le souvenir local de notre ancien habitant Philippe le Bel qui le hanta et lui inspira sa meilleure œuvre dramatique. *Raynouard.*

Citons deux musiciens : Spontini, l'auteur de la *Vestale*, qui fut le gendre de Sébastien Erhart et séjourna souvent chez son beau-père, au château de la Muette ; *Spontini*

Et Rossini, qui fut l'hôte de la ville de Paris dans une villa de l'avenue Ingres ; aussi, en reconnaissance pour notre arrondissement, le maestro plaça-t-il à Auteuil sa « Fondation Rossini ». *Rossini.*

**Casimir Perier.** Comme homme d'État, nous avons à signaler un premier ministre de Louis-Philippe, qui laissa un grand renom de talent et de caractère. C'est Casimir Perier, auquel ses contemporains élevèrent, par souscription nationale, le remarquable monument du Père-Lachaise lorsqu'il fut enlevé prématurément pour avoir rempli son devoir pendant le choléra de 1832. Ce grand citoyen avait depuis longtemps un domicile à Passy, où il possédait l'ancienne Faisanderie du château de la Muette, qu'on appelait alors le « petit Parc ». C'est pour cela que la rue Pergolèse actuelle s'est longtemps appelée la rue Périer, nom qui a disparu depuis l'annexion pour ne pas faire double emploi avec la rue Casimir-Périer qui longe l'église Sainte-Clotilde.

L'on a vu qu'un Périer avait fondé à la barrière des Bonshommes une raffinerie de sucre de betterave. C'était un des oncles du futur ministre et l'un des fils du célèbre Claude Périer, lequel joua un si beau rôle dans le Dauphiné aux débuts de la Révolution. L'on sait que cette famille célèbre est toujours hautement représentée parmi nous.

Ici nous laissons Passy, qui s'est longuement imposé à notre attention depuis le commencement de XIXᵉ siècle, pour jeter un coup d'œil rapide sur Chaillot et Auteuil.

A Chaillot, nous n'avons qu'une seule constata-  **George Sand.**
tion à faire : George Sand y demeura toute jeune.
Séjour à noter cependant, à titre de curiosité, étant
donné que nous avons rencontré Jules Sandeau à
Passy et que nous allons voir Musset à Auteuil.
Trois noms résumant le commencement et la fin
d'une vie extraordinairement passionnée.

A Auteuil, nous trouvons un savant, deux poètes,
quatre artistes et trois hommes d'État.

Le savant, c'est Legendre, dans le traité duquel  **Legendre.**
tous les Français, depuis cent ans, ont appris la
géométrie. Né en 1752, Legendre est mort en 1834.
Il fut un de nos patriarches révolutionnaires et
en même temps un des pères de notre système
métrique. Émule de Laplace, de Monge, il survécut
à ses anciens amis politiques et resta fidèle à
Auteuil, qui a hérité de sa fortune à la mort de sa
veuve. Ils reposent tous deux au cimetière de la
rue Claude-Lorrain.

Les deux poètes sont Soumet et Musset.

Soumet mourut à Auteuil, en 1845, un peu oublié  **Soumet.**
et négligé, quoique enfant de Toulouse. Ses compatriotes prennent aujourd'hui sa revanche.

Alfred de Musset, le grand poète en renom du  **Musset.**
XIXᵉ siècle — après Victor Hugo et Lamartine, —

passadeux ou trois années de sa jeunesse à Auteuil et y fit ses premiers vers.

**Baron Gérard** Des quatre artistes, le premier en date, c'est le plus anatomiste de nos grands peintres, le baron Gérard, qui avait loué l'ancien hôtel seigneurial des Genovéfains et y mourut en 1837.

**Gavarni.** Ensuite vint Gavarni, qui habita rue de la Pompe, puis avenue de Versailles. C'est là que Musset venait le voir. Ayant été exproprié par le chemin de fer de Ceinture, Gavarni vint mourir villa de la Réunion, où les frères Goncourt le visitaient, comme ils le racontent dans leur *Journal*. Ce philosophe du crayon s'appelait Chevalier. On sait qu'il emprunta son nom de guerre au célèbre cirque neigeux des Pyrénées, alors peu fréquenté.

**Carpeaux.** Le troisième artiste d'Auteuil est un sculpteur réputé, Carpeaux, dont le nom grandira encore, car notre école de sculpture est certainement, dans l'histoire de l'art de la seconde moitié du XIXᵉ siècle, celle qui fera le plus d'honneur à la France. Carpeaux fut un des rares qui surent faire palpiter le marbre. Il demeurait rue Boileau et avait son atelier non loin de là, au boulevard Exelmans.

**Halévy.** Halévy, l'auteur de *la Juive*, vécut aussi à Auteuil, peu assidûment, cependant ; il avait un pied-à-terre près du château du Coq.

Nous arrivons à nos trois hommes politiques, qui sont : M. Pasquier, M. Guizot et M. Thiers.

Pasquier, le garde des sceaux de Louis XVIII, **Pasquier.** habita le château du Coq, propriété privée depuis la Révolution.

Guizot, lui, demeura dans l'ancien hôtel des **Guizot.** Genovéfains où était mort le baron Gérard. Il disait de son voisin Pasquier : « Il fit son chemin et sut rendre des services ».

Notre troisième personnage politique est M. Thiers, **Thiers.** qui aurait pu dire, lui, du rébarbatif Guizot, son rival persévérant : « Il fit son chemin, mais ne sut rendre que de mauvais services ».

M. Thiers (on n'a jamais dit Thiers tout court, même depuis qu'il est mort) loua pendant quelque temps le château de la Tuilerie, situé sur les confins d'Auteuil et de Passy. Nous n'avons pas encore classé ce domaine, parce que ce ne fut jamais qu'une simple maison de campagne qu'un parti- culier inconnu fit construire à la fin du siècle der- nier. Il n'avait de remarquable que ses beaux ombrages. On l'appela le château de la Tuilerie d'une fabrique de tuiles existant là auparavant. On le désigna aussi sous le nom de « Château invi-

sible », parce qu'il était clos de murs ne laissant
voir que la cime de ses arbres. Sous le Directoire, nous avons dit qu'il fut habité par Mme de
Brienne.

Plus tard, le château fut restauré et on y construisit une tour octogone à médaillons, dans le faux
goût Renaissance de l'époque de Louis-Philippe. Il
fut tour à tour habité par le D<sup>r</sup> Véron, directeur du
*Constitutionnel*, puis de l'Opéra, par Mlle Rachel et
par M. Thiers. Le domaine, qui offrait une retraite
pleine de calme, fut acheté il y a quarante ans par
les dames de l'Assomption. Le quartier était encore
un désert. La rue de l'Assomption actuelle s'appelait alors la rue des Tombereaux, et l'on y venait
jeter les gravats des alentours. Le « Château invi-
sible » est resté intact, mais il est aujourd'hui
entouré de maisons de tous côtés. Il abrite une
centaine de dames de l'Assomption et cent cinquante jeunes filles, leurs élèves.

C'est ainsi que tout grandit, tout s'anime, tout se
peuple. M. Thiers au moment de son séjour parmi
nous dut pressentir la transformation prochaine de
nos quartiers, car il figura dans un groupe d'ache-
teurs qui, au prix de cinq francs le mètre, acca-
parèrent tous les terrains qui devaient un jour
former notre avenue Henri-Martin. Le nom de
M. Thiers est resté, d'ailleurs, attaché à notre arrondissement, puisque c'est chez nous que sa veuve

et Mlle Dosne ont établi la « Fondation Thiers » destinée à recevoir de jeunes étudiants.

Rappelons aussi en passant une affaire célèbre **Pierre Bonaparte.** provoquée par la politique et qui fut quelque peu locale : le meurtre de Victor Noir par le prince Pierre Bonaparte. Ne le faisons que pour constater que le drame se déroula dans l'ancien hôtel de Mme Helvétius, à Auteuil, hôtel qui ne fut détruit qu'en 1871, par un incendie.

Et maintenant, puisque nous en étions à M. Thiers, **Gambetta.** qui devait attacher son nom à la libération du territoire, passons à celui qui fut le héros de la défense nationale, en 1870, au grand patriote dont l'indomptable énergie ne désespéra jamais de son pays. Nous avons commencé notre histoire régionale en saluant Camulogène, en la terminant saluons Gambetta, le grand Français qui fut l'émule du grand Gaulois. Lui aussi mourut sans avoir connu la défaillance, sans avoir un seul instant douté d'une « justice immanente ». Il semble que le sentiment nous vient à l'heure présente, qu'en effet elle pourrait bien exister....

Gambetta, on le sait, fut des nôtres dans les derniers temps de sa vie. Il habitait un tout petit hôtel, au n° 57 de la rue Saint-Didier. C'est là que l'auteur de ces lignes — qui avait été, sous le Seize-Mai, un de ses collaborateurs à la *République française*

comme administrateur délégué — le vit pour
la dernière fois, y vivant, après avoir eu tous
les pouvoirs, de sa grande simplicité républi-
caine.

**Chanzy.** Coïncidence à noter, son meilleur général, Chanzy,
vint se reposer parmi nous, en 1872 et 1873, des
fatigues de la lutte commune.

**De Freycinet** N'est-il pas d'à propos de joindre à ce souvenir
de la guerre un nom bien vivant, celui de M. de
Freycinet, qui habite depuis si longtemps la rue de
la Faisanderie ?

**Général Boulanger.** A la suite de ces trois noms de patriotes, faut-il
en mentionner un qui fera l'étonnement de nos
descendants, celui d'un général sans passé, sans
gloire, sans prestige, qui faillit s'imposer à la
France ahurie ? Ahurie est le mot, et c'est pour
cela sans doute que ce soldat dévoyé vint s'installer
à Chaillot, rue Dumont-Durville, pendant la période
la plus agitée de sa fantastique carrière politique.
Il s'agit du général Boulanger, présenté, sans le
mériter, comme le porte-drapeau d'une revendica-
tion nationale, hélas! trop légitime.

**La reine Isabelle.** Par devoir de galanterie, saluons une autre personne vivante, une reine, gracieuse et aimable, la
reine Isabelle, qui est venue chercher le repos parmi

nous, dans son beau palais de Castille, avenue Kléber.

D'autres princes ont suivi cet exemple et notre arrondissement en est arrivé à ressembler quelque peu à la Venise de Candide. Heureux privilège qui nous vaut non seulement la préférence des têtes étrangères découronnées, mais encore celles des têtes couronnées par notre suffrage universel. Les trois Présidents.

N'avons-nous pas eu déjà l'avantage d'accueillir nos trois premiers présidents de la République... républicains :

M. Grévy, avenue d'Iéna;

M. Sadi Carnot, rue des Bassins ;

Enfin M. Casimir-Perier, rue Nitot — un sage qui se contente aujourd'hui de présider une de nos œuvres locales de bienfaisance?

Souhaitons donc, puisque nos institutions permettent de formuler ce vœu sans blesser personne, que cette tradition se continue et que notre XVIᵉ arrondissement devienne ainsi, en tout bien, tout honneur, l'hôtel des Invalides de la gloire.

## POST-SCRIPTUM

### LES ARTISTES DE THÉATRE

En relevant la liste de nos célébrités, nous n'avons pas mentionné quelques noms méritant cependant de figurer dans ce petit Bottin de la renommée.

Ce sont ceux des grands artistes de théâtre qui se retirèrent chez nous couverts de fleurs et de couronnes. On nous en voudrait de les oublier. En voici les principaux :

La CHAMPMESLÉ, qui charma Racine et créa ses œuvres. Elle fut connue sous le nom de Mlle de Champmeslé, suivant l'usage du temps, bien qu'elle eût été mariée deux fois, — la seconde avec Charles Chuillé, sieur de Champmeslé. Elle habita Auteuil, et y fut enterrée comme elle le désirait.

SOPHIE ARNOULD, la grande cantatrice de Gluck et la plus spirituelle des femmes de théâtre — morte en 1802 — demeura dans le bas de Chaillot, dans

la maison du cèdre (n° 12 actuel du quai Debilly).
Cette élégante demeure fut un moment habitée par
Mme de Pompadour, dit M. Guillois.

Mlle Contat, née en 1760, morte en 1813, à Passy.
Ce fut la créatrice admirable à la Comédie-Française de Suzanne du *Mariage de Figaro*. On vit dans
son hôtel de la rue Raynouard Mlle Raucourt, la
Guimard, Vestris, et aussi son ami Parny, le poète
exotique.

Mlle George, la plus belle des tragédiennes, mourut également à Passy, mais en état de pauvreté,
âgée de plus de quatre-vingts ans, en 1867. Elle
demanda à être enterrée dans son manteau de
Rodogune.

Talma, l'ami de Napoléon, qui réforma la tragédie,
imposa au théâtre le costume antique, resta sans
rival et vint finir ses jours à Chaillot, en 1826.

Lepeintre aîné, le comique de l'ancienne école.
Il se fit, cependant, l'inventeur du calembour au
théâtre et Christian en fut le dernier représentant
décoloré.

Samson (1793-1871), acteur, professeur et auteur,
une des plus nobles figures de la Comédie-Française.
Il demeura au n° 9 du hameau Boulainvilliers, à
toucher le n° 11, qu'habite M. Got aujourd'hui.

Bouffé, le grime le plus parfait, qui prit sa retraite à Auteuil et y mourut en 1864.

Bressant, enfin, qui vint à Auteuil aussi, après être resté toute sa vie le plus jeune des jeunes premiers. Il fut pour la comédie moderne ce qu'a été Delaunay pour la comédie classique.

Mais il faut savoir se borner, fermons ce post-scriptum, bien que le *Bulletin historique* cite encore d'autres noms. N'avons-nous pas dit que nous nous arrêterions au seuil de nos contemporains vivants.

# CONCLUSION

Maintenant que nous avons rappelé tous les faits et cité tous les personnages qui méritaient de l'être, il ne nous reste plus qu'à saluer le grandissement de notre cher XVIᵉ arrondissement.

Quelle transformation étonnante ! En 1792, lors de l'organisation de la garde nationale, l'ancien territoire de notre antique forêt de Rouvray ne put fournir que 1 220 hommes valides : Boulogne 610, Passy 400, Auteuil 210. Ce qui n'empêcha d'ailleurs pas nos pères de se distinguer contre les alliés à la barrière Clichy en 1814, sous le maréchal Moncey. Cette même garde nationale se fit remarquer encore, par sa cohésion et sa modération, lors des troubles de Paris, en 1832 et 1834.

Nos habitants se sont en effet toujours montrés dévoués patriotes en même temps que respectueux observateurs des lois. Ainsi, sous la Révolution, le curé de Passy en donna l'exemple en prêtant le serment suivant aux autorités civiles lorsque la royauté fut abolie :

« Je reconnais, que l'universalité des citoyens français est le souverain et je promets soumission et obéissance aux lois de la République. »

Cette sage appréciation de son rôle permit au curé Chauvet de rester en fonctions sans être inquiété, malgré les vicissitudes des temps, et il mourut à son poste, en 1827, entouré de l'amour de ses paroissiens qui lui élevèrent, par souscription, un tombeau encore existant au cimetière du Trocadéro.

Notre population a donc toujours pratiqué des mœurs tranquilles et libérales. Faut-il attribuer cela au bon air et au calme local ? On peut le croire, puisqu'elle a toujours su conserver son même esprit de conduite bien qu'elle se soit largement augmentée d'éléments nouveaux et divers.

Au commencement de ce siècle, les trois communes d'Auteuil, de Passy et de Chaillot ne comptaient même pas cinq mille habitants. Aujourd'hui notre population s'élève à plus de cent mille âmes.

Un détail caractéristique : sous la Restauration, Passy, qui était alors une commune de dix-huit cents âmes sédentaires, voyait ce chiffre augmenter de moitié durant les mois d'été. A chaque printemps on lisait sur la plupart de nos maisons : « Apparte-

ment meublé à louer ». Nous étions le petit trou
pas cher des Parisiens.

Ce fut en 1824 que commença la grande émigra-
tion. L'on se mit à percer des routes, à morceler
les vieux domaines. La Faisanderie, ainsi que tous
les terrains d'alentour. qu'on appelait la « Plaine »,
formèrent un nouveau quartier, et le roi Charles X
vint inaugurer la grande « avenue de Saint-Cloud »
qui, de l'Arc de Triomphe, conduisit au rond-point
de la Muette. C'est notre avenue Victor-Hugo.

Voici comment s'exprimait, sur tous ces boulever-
sements, Alexandre de Ferrières, dans son *Annuaire
des environs de Paris* :

« Les habitations envahissent Passy de toutes parts.
Il est surtout occupé par deux vastes plans de construction, l'un sur l'emplacement de l'ancien château
de Boulainvilliers, l'autre dans la Plaine, entre la
Muette et Chaillot. Sur le reste des terrains on
cultive un peu les céréales, des betteraves et prin-
cipalement des petits pois pour primeurs. Il est
impossible de déterminer le prix de l'arpent de terre,
parce que ce prix subit de trop grandes différences. »

Que dirait donc aujourd'hui M. de Ferrières avec
nos prix de trois cents francs le mètre dans l'avenue
Henri-Martin. et nos petits pois en primeur arrivant d'Algérie ?

Ce n'en fut pas moins à cette époque une véritable fièvre d'expansion. C'était le beau temps des

villas, des hameaux; il s'en créait de toutes parts, à Auteuil et à Passy, tandis que Chaillot voyait de beaux hôtels se bâtir du côté de l'avenue des Champs-Élysées.

Quillet, enthousiasmé de tant de progrès, écrivait en 1836 : « Nos réverbères à réflecteurs portent partout, pendant la nuit, la plus vive lumière ».

On peut aller la voir « la plus vive lumière » de Quillet, elle subsiste, dans sa primitive splendeur, au passage des Eaux, avec ses réverbères à réflecteurs. C'est l'enfance de l'éclairage public.

Puis, vint le second Empire, l'annexion à Paris et la belle organisation de notre XVI<sup>e</sup> arrondissement, grâce un peu sans doute à notre M. Alphand, le bras droit du baron Haussmann. Enfin, après un moment d'arrêt, en 1870, arriva le plein et définitif épanouissement auquel nous assistons. N'employons toutefois le mot définitif que dans un sens d'essor pris et de constitution administrative, car, dans l'avenir, nos descendants sont appelés certainement à contempler bien d'autres merveilles que les nôtres. C'est la loi du progrès. Ne peut-on prévoir déjà que la « grande capitale », après avoir franchi les fortifications, en les transformant en magnifiques avenues sillonnées de trains locomobiles, englobera le bois de Boulogne et en fera un simple square, malgré son immensité? Sans compter d'autres choses encore, comme les quinquets de Quillet transformés en soleils et inondant le bois de leurs rayons électriques.

Mais arrêtons là nos suppositions, pour ne pas tomber dans l'excès contraire de notre vieux chroniqueur, qui avait cru voir la perfection réalisée en 1836, et, rappelons, pour finir, qu'il disait aussi :

« Les octogénaires et les nonagénaires sont très nombreux chez nous, la plupart des médecins parisiens envoient à Passy leurs malades en convalescence. »

Cela est resté toujours vrai ; seulement l'on ne vient plus chez nous simplement pour se rétablir : on s'y installe, on y reste et l'on y passe la vie aussi agréablement que possible.

Faisons des vœux pour qu'il en soit toujours ainsi.

FIN.

# TABLE DES MATIÈRES

---

## TROISIÈME PARTIE

---

*(Renvoi du f° 49.)*

Ce dimanche 14 novembre 1897, au moment où cette brochure était sous presse, les membres de la *Société historique* ont visité en groupe les souterrains du Trocadéro. M. Bourdais, l'éminent architecte du palais, a donné aux visiteurs quelques détails fort curieux, il a raconté, par exemple, que l'on avait trouvé des vestiges du cimetière des Visitandines de Chaillot, là où existe aujourd'hui la grande pièce d'eau du jardin. On a rappelé aussi que M. Guillois avait fait un travail fort intéressant, reproduit par le Bulletin de la Société, sur le palais du roi de Rome. Ajoutons encore, pour ne citer que les dernières publications, qu'une étude a également paru sur ce sujet dans l'*Intermédiaire des Chercheurs*.

Coulommiers. — Imp. P. BRODARD. — 834-97.

COULOMMIERS

Imprimerie Paul Brodard.

www.ingramcontent.com/pod-product-compliance
Lightning Source LLC
Chambersburg PA
CBHW070855030726
47504CB00005B/1340